国家出版基金项目
NATIONAL PUBLICATION FOUNDATION

十二五国家重点出版物出版规划项目

走向世界丛书

主编　钟叔河　曾德明　杨云辉

FROM EAST TO WEST

余思诒楼船日记

杨向群　校点

岳麓書社·长沙

本册总目□

□

余思诒楼船日记

丛书新序□

钟叔河

二〇一三年十月

“走向世界丛书”一百种，只收晚清时期 from east to west（从东方到西方）的记述，这并不等于说，只有十九世纪末二十世纪初的中国人，才需要面对走向世界的问题。

纵观人类历史，走向世界决不是什么地区性和阶段性的活动，而是不断出现在全人类发展进步过程中并与之同步的历史现象。一百万年前，人类开始从非洲进入亚洲和欧洲，一万年前，又从亚洲进入北美洲和大洋洲，就是在不断地走向世界。

从有史以来的文献、文物看，三千多年前的《奥德赛》和《出埃及记》，说的是古希腊人和以色列人走向世界——走向地中海和巴勒斯坦。两千多年前的《史记》和《汉书》，写了张骞和后来汉朝“益发使”走向世界——曾走到罗马在西亚的边陲。一千三百年前的《大秦景教流行中国碑》、七百年前的《马可·波罗游记》和四百年前的《利玛窦中国札记》，记下了阿罗本、马可·波罗、利玛窦的 from west to east，这和 from east to west 一样，都是在走向世界。

人类曾因地理、种族、制度、意识形态等原因而互相分离，甚至隔绝。夜郎国的君长初见汉使时问：“汉孰与我大?”当是时，夜郎的世界僻处黔西，其“大”可知；连夜郎都未入版图，则汉之“大”亦远不如今之中国。但人为万物之灵，为了求生存谋发展，总不能老守着自己的一亩三分地，总会要想方设法走向世界——走向更广阔的外部世界。于是，汉要“通西南夷”，要前往原来“道险终不能有”的夜郎；夜郎要问“汉孰与我大”，要想改变原来“不知汉广大”的状况。由互相隔绝变而互相接近，互求了解，这就是走向世界。

走向世界，无论是自己走出去还是让别人走进来（总比让别人杀进来好），无论是主动的还是被动的，从总的历史进程看，用大的历史眼光看，都有利于发展，都是一种进步。对汉朝来说是如此，对夜郎来说亦是如此。两千年前是如此，两千年后亦是如此。上世纪七十年代末开始编辑出版“走向世界丛书”时是如此，如今来继续编辑出版这部丛书时亦是如此。

今天的中国已不再是七十年代的中国，虽然仍称发展中国家，经济总量却早已“超英”，正在“赶美”，但走向世界的路还“漫漫其修远”。时至现代，走向世界当然是要走向现代化的世界，也就是要高度现代化，全盘现代化。“四个现代化”的“四个”——工业、农业、科技和国防，已经“化”出了很大的成绩，而我们的管理现代化，我们的服务现代化，我们的制度现代化……要走的路的确还很长。

现代人走向世界，首先要使自己成为能接受全球文明，有世界知识，有世界眼光，有世界理想的人。“走向世界丛书”杰出的作者，如郭嵩焘、黄遵宪……又如邹代钧、金绍城……他们看到的新技术还是德律风（送话器和最早的手摇电话机）、火轮车（蒸汽机车）……我们如今却已经用上了智能手机、坐上了波音飞机……但在思想层面上，我（不敢称我们）反省自己的世界眼光和世界理想，甚至在世界知识的某些方面，比起一个多世纪以前的郭、黄他们来，差距实在还不小。在这方面，也就是人的现代化这方面，要走的路就更“漫漫其修远”了。

五年前北京奥运会的成功举世公认，它已经成为中国走向世界的一大标志。它的口号：

ONE WORLD，ONE DREAM

“同一个世界，同一个梦想”，这也应该是现代人走向世界的志向和目的，是我们继续编辑出版“走向世界丛书”的志向和目的。

丛书原序

钟叔河

一九八〇年七月

人们常说，今日之世界，乃是一个“迅速缩小的世界”（rapidly shrinking world）。在电视卫星、激光通信和喷气式客机的时代，地球之上各地之间的距离，确实好像越来越短，人们相互间的接触和交流，也越来越方便和密切了。

可是，仅仅在几代人以前，异国还显得那样的离奇和遥远。古代欧洲人说，中国人用小米和青芦喂一种类似蜘蛛的昆虫，喂到第五年虫肚子胀裂开，就从里面取出丝来（Pausanias《希腊纪事》）。古代中国人则曾经相信，西方有种羊羔是从泥土里生长出来的，脐带还连着大地（《旧唐书·西戎传》、《渊鉴类函·边塞部九》）。这类海外奇谈，今天听起来简直不可思议，而在过去上千年中，却一直被当作可信的资料，记载在欧洲和中国的史书上。由此可见，人类文明的发展，经历了一条何等漫长曲折的道路。

为了探索和开辟外部世界，丰富自己的物质和精神生活，各国人民都作过许多贡献。人类文明史像叙说伟大的发明家和著作家一样，将永远铭记着张骞、玄奘、马可·波罗、哥伦布等不朽的名字。我们甚至可以这样说：一个民族从中世纪到现代的历史，也就是它打开眼界和走向世界的历史。

历史的发展从来是不平衡的。当黄河、长江已经哺育出精美辉煌的古代文化时，泰晤士、莱茵和密西西比河上的居民，还在阴暗的原始森林里徘徊。而自从地理大发现和产业革命以来，中国却相对地落后了。在西方实现资本主义的现代化以后，中国还是一个基本上同外界隔绝的古老国家。是鸦片战争打开了中国的大门，也打开了中国人的眼睛。人们称林则徐和魏源为清代最早"开眼看世界"的人，因为西方的坚船利炮打到中国来时，他们首当其冲，亲身感到这个世界在缩小，距离和壁垒再也不能将异国隔离开了。

过去时代的中国读书人，在“严夷夏之大防”的社会里度过了上千年。封闭的外壳被打破后怎么办？守旧派的办法是把脑袋钻进沙子里学鸵鸟，像慈禧太后的大学士徐桐，见到洋人就以扇遮面。就是这个徐桐，在庚子年间焚香叩请骊山老母下凡来“杀尽洋人”，结果骊山老母没有下凡，他自己的老命却白白送掉了。而林则徐和魏源则不同，提出要“师夷长技以制夷”，主张学习外国的长处，以对付外国的侵略。要学习，先得了解，于是林则徐编了《四洲志》，魏源编了《海国图志》。虽然他们未能亲身出国去考察，书的材料靠间接采辑而来，难免有许多谬误，但无论如何，地里长羊羔之类的神话毕竟不得不逐步让位给常识了。

林、魏之后，中国才开始有读书人走出国门，到欧美日本去学习、访问和工作。容闳、王韬、郭嵩焘、黄遵宪和严复等人，要算是最早的。接着出国的人渐渐多了起来，尽管其中不少是奉派而去的政府官员，但既然去了，就不会不接触近代—现代的科学文化和政治思想，也就不可能不在中国发生影响。

“走向世界丛书”专收一九一一年前国人亲历

欧美和日本的记述。自从一八四〇年鸦片战争失败那时起，先进的中国人，经过千辛万苦，向西方国家寻找真理。应该说康有为和在他之前的郭嵩焘、王韬、容闳等人，的确代表了近代中国向西方寻找真理的一派人物。当然，丛书所收的，也并不全属先进的人物的作品；但总而言之这些都是中国人从东方走向西方的实录，自有其文化的意义和历史的价值。

必须指出的是：从鸦片战争到五四运动这一历史时期中，西方国家虽在许多方面比中国先进，值得中国人学习，但国家利己主义的本质，却总是要压迫剥削比他们落后的民族的。中国人走向世界、接触西方，既有一个学习外国长处的问题，又有一个抵抗外国侵略的问题，盲目排外和盲目崇外都是错误的。对于某些作品中不免流露的这类观点，我们将在为各书撰写的叙论中，适当地作些分析，供读者参考。

“洋为中用”是我们今天的主张，也是十九世纪先进的中国人的主张。“师夷长技以制夷”，不就是“洋为中用”吗？当然，随着接触和认识的逐步深入，人们慢慢地看出：仅仅学一点“长技”，搞一点坚船利炮，还是不行的；要救国，只有维新，维新行不通，就只有革命。伟大的革命先行者孙中山，用他自己的话来说，也是在一八七八年出国以后，“始见轮舟之奇、沧海之阔，自是有慕西学之心，穷天地之想”，才树立了推翻清朝建立民国的大志和信心。历史无情亦有情，后人的思想和事业肯定要超越前人，但前人的足迹总可以留作后人借鉴，先行者总是值得纪念的。

今天的世界已不是十九世纪的世界，今天的中国更不是清朝末年的中国。今日之中国，已经逐渐以现代的面貌，出现在世界的东方。但是，世界的进步越来越快，中国的经济和文化等许多方面还需要不断地发展和提高；这就必需继续打开眼界、走向世界。打开眼界以后，还要学会分析，分清好的和坏的。一切好的东西，要拿来为我所用；一切有害的东西，要实行抵制和预防。在这方面，前人的经验和教训，有一些也仍然值得我们注意。

谨将这套丛书奉献给爱好历史和文化、关心中国和世界的读者，希望它能在中国现代化的过程中，起到一点微薄的作用，是为序。

丛书凡例□

一、“走向世界丛书”一九八六年前已刊三十五种，二〇一五年起仍按原定一百种的计划继续刊行，仍然专收现代以前用文言写作的国人考察西方（含开国后的日本）的记述，仍以亲身经历、直接闻见者为限。

二、丛书按作者出国年月排列次序，尽量单行，即以一种为一册；字数过少无法单行者，才以两种或数种合订成册。合订本尽可能以类相从，按第一种出国年月排序；其各种均在封面列出书名，书脊则只列出第一种书名，并在其下注明“等几种”。

三、每种（册）书前，均由编校者撰写导言（叙论），介绍作者有关背景和书中重要内容，酌加评论分析，以供读者参考。

四、丛书均经编校者校订，标点分段，并加边批。边批的内容主要包括三个方面，兹以《随使德国记》为例，举示如下：

1. 标题、提要和说明，如"星使由苏州来"、"普鲁士分一十二省"、"演八十日环游地球的故事"、"如夫人即赛金花"、"'人工'今皆称工人"。

2. 书中较重要的译名（加括弧注出原文或今译），如"德璀琳（Detring）"、"毕驷马（俾斯麦）"、"布莱门（不来梅）"、"德利风（电话）"。

3. 原文的订正和存疑，如"'公司船'原无船字"、"'骁勇'原作'骑勇'"、"'薛福成'成字原作辰"、"奥京立斯本应是维也纳"。

五、每种书后，均附人名索引，人名依首字笔画和一丨丿丶乚排列，按年、月、日三节数字查检（正文单页码下均有年、月、日三节数字备查）。如德璀琳之"德"字为十五画，于索引

“十五画”内检得其名下首列“13，8，17”，查正文“13，8，17”在P. 3下，即可在P. 3上找到（光绪十三年八月）十七日“乘肩舆往拜税务司德璀琳”的记载。

六、每种书后，一般附有译名简释（今昔译名对照，必要时并加说明），亦依首字笔画和一丨丿丶乚排列。如“卜兰墩浦Brandenburg，勃兰登堡”，又如“勺勾腊chocolate，巧克力”。

七、人名索引和译名简释的条目，并不限于边批中所举者；边批中所举者，则必皆收入索引和简释。

八、人名索引按年、月、日三节数字查检，其原书不著年、月、日者，则按篇章序号或页码查检。

九、原文因排印（抄写）而出现的明显的文字错误径予改正，不在边批中注出。

十、原文中同一外国地名而作者译法多样，

如缪祐孙《俄游汇编》中“彼得堡”就有“比得堡”“彼德堡”等异文，“莫斯科”也是如此。此种情形，无碍阅读，故一仍其旧，不作统一。

十一、原文中之统计数字均一仍其旧。少量表格中之统计数字，为方便读者阅读，改为阿拉伯数字。个别已经失去时效、并无参考价值的资料，则在说明情况后予以删去。

（十二）丛书均以简体汉字印行；除总序、凡例外，编校者所作导言（叙论）、边批、索引中涉及的数字均按现行规定采用阿拉伯数字。

叙论：楼船东归“师夷”录

杨向群　宋德华

中国近代海军建设，与清朝洋务运动时期大批订购西方兵舰，有着非常密切的关系。这些舰船造好后，开始是雇请洋人驾驶来华，后来则改由中国接舰部队负责。在往返欧洲的旅程中，接舰者有哪些事迹和见闻，一直是走向世界的重要话题。

在此方面，留下了的记录并不多，因而更显珍贵。其中，池仲祐的《西行日记》，讲述了1881年首次接舰的故事，而余思诒的《楼船日记》（又名《航海琐记》），记载的则是此后第六年第三次接舰的经历。两部日记，同以接舰为题，内容却各有千秋。前者重在西行，并以异国情谊为少见的亮点（见杨向群、宋德华《西行日记》前言：《情深理切的西行记》）；后者重在东归，始终不离“师夷”这一务实的主题。不论重点为何，它们都见证了国人矢志了解和追赶外面新世界的努力。

“师夷”之论，自魏源于《海国图志》中首发创议以来，随着中国近代社会的剧变，得以迅速拓展。从冯桂芬的“鉴诸国”，到郑观应的学西方之“本”，先进的中国人逐渐步入中西交融的堂奥。乘“楼船”而归、探“师夷”之道的余君，其思想主张并不前卫，但他有一个很大的优势，就是以海外亲身见闻，记录了许多独特的观察和思考，为国人学习西方，增添了不一样的视角。

不解之缘

余思诒，字雨亭，号易斋，江苏武进（今常州）人。在鸦片战争以来“海禁大开，遂成千古之创局。……故宇内志士，咸思致力西学”的时代潮流的影响下，他很早就对了解西方、钻研西学产生了浓厚的兴趣。在书的序言中，他对自己早年的“师夷”之路，作了这样的回顾：

> 蒙质鲁识钝，心焉好之。初究心于天算，苦其奥远无凭，旋弃之，而究心化学。乃一器伤而诸器若废，药水断而考验无方，又复弃之。锐意求尊攘怀柔之道，为简练揣摩之功。于是博采群书，究其缘始，访购译刻图籍，遍览华字新闻。而涉历西书，既师承之无，自习西语，又口语之多讹。累日积月，垂二十年，所学迄无实际。

在长达二十年的时间中，作者都在刻苦自学，可惜不是学问的难度太大，就是必要的条件不备，或者无人指导，总之是学得不大成功。但可以看得出来，余思诒求学的自觉性很高，毅力也很强，这无疑为此后的进取奠定了重要的基础。

到1885年（光绪十一年，农历乙酉年），余思诒虽已就职于朝廷，任工部主事加员外郎衔，其弄清西方之究竟的“夙志”仍不稍减。就在此年，江西布政使刘瑞芬“奉命使西”，出任清朝第三任驻英公使。他抓住这一机会，“毅然请从”，并表示“此行非以壮游，欲以亲历海国，审知其事实”。刘星使素知余君“识超而行笃，研心经世之学，盖亦有年”，于是“嘉其志，疏请于朝”，得到批准，他如愿以偿地成为出洋的随员。

抵达欧洲后，余思诒考察西方的热情空前高涨，“……自备资斧，游历英、法、德、和、比诸国，得以考证风土人情、学校制度，而于医学、矿务、工程制造，尤不靳资财，不惜心力，殚精讲求”。尽管他自谦“从事日浅，止窥门径，莫登堂奥，良用歉然”，但比起原来的自学，对西方的认知显然已深入得多，这也是走向世界的必然结果。对他的表现，刘瑞芬十分赞赏，称其“入境问俗，凡其山川要隘，政治得失，民生利疾，工肆良楛，靡不周览详究，握椠默识”。

正由于余思诒“才思宏通，讲求西学”，因此当1887年新购的四艘巡洋舰（分别为“致远”、“靖远”、“经远”、“来远”）及一艘鱼雷艇竣工后准备回华，需按定例“派员护送，沿途照料，以昭慎重”时，他便成了朝廷委派的再合适不过的人选。在长达四个月之久的护舰东航历程中，余思诒“藉得畅游停轮各埠，且日与水师诸君共晨夕……相与讨论，遂得知所未知，明所未明。因以身历目击，并讲贯所及者，记之于篇，留以自审……其他见闻，凡有益于海军者，皆记之”，不仅延续了其一以贯之的求知若渴的精神，而且得到了许多前所未有的收获。这些来之不易的收获，就构成了《楼船日记》的主体。

值得特别一提的是，作者之所以与“师夷”结下不解之缘，与其祖父余保纯的影响，应有直接或间接的关系。

在中国近代史上，余保纯算是一个不大不小的“名人”。其出名的原因，是因为当鸦片战争爆发前后，他正好在广东任职（先当南雄知州，后为署理广州知府），卷入一系列重要事件之中，并起了显著作用，因而引人注目。按照以往的评价，余保纯在战争爆发前，尚能积极协助林则徐查禁鸦片，表现还不错，但在战争爆发、林则徐被革职后，他却一意妥协求和，在谈判《穿鼻草约》、签订《广州和约》、调解三元里抗英斗争等过程中，只知讨好英人，成了“投降派的马前卒”，被骂为“汉奸”。对其所背负的罪名，有学者经过深入研究后，作了这样两点“辩解”：一是余保纯因职责所在和“办理夷务”精明能干，得以被琦善、杨芳、奕山等人倚为臂膀，“就余的表现而言，不过是奉命办事，一切责任都不应当由他而应当由他的上级来负”；二是在1841年5月31日奉命劝解包围四方炮台的民众之前，余保纯曾向两广总督建议，调派水勇协助民众捉拿义律，胁迫英军退兵，却未被采纳，此计“虽未必可行果效，但据此记录，他绝非汉奸当属确定无疑”。（茅海建著：《天朝的崩溃》，第四章之三“三元里抗英的史实与传说”）关于余保纯，当然还可以见仁见智，只要有确凿的史实和中肯的分析，而不是主观臆断、乱扣帽子就好。

对其祖父奉命与英人周旋的这段历史，余思诒途经香港时，触景生情，于书中提供了家传的另一个版本：

> 谨按道光辛丑年，英吉利以鸦片案失和，犯粤垣，索赔费及香港。思诒先大父时知广州府事，力守北门，屡以“与地不如与金”白当道。四月初七日，事益亟，当道公札（十三颗印信公札，至今子孙世世收藏）令往敌船会议。英官义律以香港请，力拒之。许以兵费，成言而返，粤垣戒严。义律由是见黜于英。
>
> 事上朝廷，仍主战。英人犯江浙，游逸直东海洋。或将许以香港，先大父即乞病去官。次年，成庙爱民息兵，准开海禁，英人始在香港设埠。四十年来，非复昔日之荒莽矣。故曾侯劼刚见先大父传志，曾题一律云：‘欹岸硐磳禹未收，弹丸千古寄荒陬。忽归泡影三千界，顿比燕云十六州。郁郁垂杨生左肘，幽幽寸草塞中喉。当时若采先生语，羊豕投溪鳄远游。”

这段记载的重点，是说余保纯当年坚决不同意割让香港，力主以“金”换“地”，斗赢了义律，却扭转不了大局，香港终落敌手，只得无奈辞官。事实究竟如何，还可进一步查考，无论怎样，总是多了一种出自当事人的重要史料。

余思诒受其祖父影响，并不在于香港本身的得失。正如书中所言："……香港，一荒岛也。英人经营四十年，而市廛喧嚣，人烟稠密，一榻之地，月租数金。……自香港设埠，广东百货皆聚于斯，洋商遂亦乐居其地。西人之在中国地方者，近年统计不及七千人，而香港则居十之六焉。"由"荒莽"变为繁华，显非当事人始料所及。余氏子孙之所以"世世收藏""当道公札"，是要传承忠于职守，不怕与"夷"交涉，敢于守护国土的精神。这种精神传至孙辈，随着情境的变迁，就转化成了作者究心西学、"请缨绝域"，出使之际"随地、随人、随事，皆周遍而致其问……尽其职如此，可谓使于四方，不辱君命"的不凡作为，《楼船日记》亦因此而别具"言皆翔实""信而有征"的特色和价值。（刘瑞芬：《航海琐记序》）

海上科技

近代国人"师夷"，始于师其"长技"。所谓"长技"，其实是个涵义并不固定的词语。最初在魏源看来，"夷之长技"有三："一战舰，二火器，三养兵、练兵之法。"（《海国图志·筹海篇·议战》）到洋务运动兴起，"长技"几成众人口头禅的时候，其包含的内容已变得相当丰富。

余思诒"护舰"东归，对"战舰"自然最为关注，仍不出“长技”的范围。但在历经中国海军从无到有的变化之后，其对“战舰”这一“长技”的认识和理解，已远非昔日所能相比。简言之，就是尤为注重“长技”之中的科学，凸显了欲海上克敌制胜，就必须努力掌握现代军事科技的思想。对此，作者作了这样的表述：

始知海军将士必上律天时，下袭水二，方克乘风破浪，攸往咸宜。其笃学者，尤必博涉西书，勤求格致，不仅明制造、解测量、习风潮、熟沙线、辨海图，能擅偏长已也。于以知御外侮，固海疆，张国威，尊国体，胥在乎是。

作者将科技的作用，说得有点大，要“御外侮”等等，不能没有科技，又不能全靠科技。不过，对于“海军将士”而言，除了有一技之长外，还应“博涉西书，勤求格致（科学）”，才能更好地守海卫国，这倒是一种非常切实、很有远见的想法。

本着这样的认识，余思诒在归途中，对海上科技特别重视。他总结自己“历程五万里，历时四阅月，而于三大端，用心尤良苦焉”，其中有两端即“罗经差”和“风性说”，就都属科技领域。在此方面，他从东归之始，便着手进行了一项基础性的工作，就是每天抄录船上的风向、铁差、气差、气温、经纬度等数据，以作查考之用。1887 年 8 月 27 日（七月初九日），作者入住“致远”号。第二天，便在日记中作了第一次数据记录：“晴。辰刻，西南风，二九七六；戌刻，南风狂，二九七二。是日暖，早七十（按：华氏温度），晚七一。……四舰一艇，同阵下碇，英东一度六分，纬北五十度四十八分。”9 月 13、

14日（七月二十六、二十七日），即舰只启程回国的第二、三日，又开始增加了“气差”和“铁差”的数据。这项工作，一直持续到12月10日（十月二十六日）船到厦门为止。

此事看似毫不起眼，其实并非随意可做。“校读”过《楼船日记》，也曾出国考查过“罗经差”的周懋琦，深有感触地写道：

> （余思诒）因其护送兵船，又能虚心下问，大副二副愿以风向、罗经差度告之也。西洋兵邮各船，罗经设于望台柁房，管驾及管轮驾驶各副外，皆不准到，故不能逐日见而记之也。琦在法国测绘海图衙门测罗经准差房考之，知所谓各差，而不能在行船时记其每时每日每差若干度也，亦不能知行某海程某阵也，时水流何向风何向也。此记可以传矣！

只有在中国自己的兵舰上，有相当的身份，还有“虚心下问”的态度，才可能见到不轻易让人看的原始资料。单凭这一点，此日记就值得流传！

对于自己不大熟悉、个中道理颇为深奥的“罗经差”，余思诒一直紧盯不放。在舰船出发的当天，日记中专就其测法，作了详细的记载：

> 头桅之前，后桅之后，各设罗经，所以验铁差、气差也。盛以铜筒，左右缀二铁球，使其气力均匀。内分三十二向，以铜丝编作经线，而盛罗经于其中。因满船皆有铁气，针度因之有差；今以铜间之，使其气不得混淆，差度因之以准。按四小时一次，昼测日光，夜测星光，以核罗经差度。别为一纸，以便行舟考验。此盖极新之法云。

为了吃透这一“极新之法”，他不断与人研讨，日记对此多有记载，如：七月十三日，“午刻，视洋大副测算罗经气差、铁差。学生薛振声，号骏卿，天津人；郑纶，号雅村，福建人。皆天津水师学堂肄业高才生也。既与同船，因就讲贯。知其文理通畅，博涉西学，爰与考求气差、铁差之理，证以西书焉”；八月十三日，“午后，偕薛骏卿考究梅克绥曼差度各说，并证试验之理”；九月初二日，“舟行无事，偕薛骏卿汇考伦敦气差度”；九月初三日，“晚间，偕陈大副译伦敦极差……考究差度”，等等。

归国之后，余思诒赴京师拜访曾纪泽，被问起在英国时，曾说过要将十三经“考证一番”，今结果如何。作者一面表示“过后甚悔失言”，一面回答还是有所收获，即终于从“罗经”中找到了《易经》的“着落”，其要旨就是：

> 罗经四正四维，分为八方八卦也。罗经有本差、铁差、气差，是即刚柔相摩，八卦相荡。鼓之以雷霆，润之以风雨，日月运行，一寒一暑也，后天也。指南针之为物，北吸南，南吸北，北不吸北，南不吸南，其中何物而能如是？是即天地定位，山泽通气，雷风相薄，水火不相射，八卦相错也，先天也。

作者将现代科技与古代经学融为一体，自成一说，这正是当时国人接受西学的一种通行的路数。尽管科学性打了很大折扣，但开拓之功不可没。中西文化素养甚为深厚的曾侯没有直接回应，只称“电学中有说指南针者，所见实有至理，恐解人难得耳”。曾纪泽知其不妥，却不想道破。既然其理高深，解读艰难，余思诒作为先驱者，也算是难能可贵吧。

除此之外，作者还有其他许多海上科技的介绍。如言舰上设置各类仪表：

> 船中度时有表，风雨有表，燥湿有表，寒暑有表，按时登记，必详必明。即炉中热度若干，锅中热度若干，汽积若干，轮转若干，莫不有表，可以一望而知，按时登记。更有计里表者，乃近年新式也，置于舵后，以验船行里程。……航海之船，向用绳牵三角板验沙漏，以测迟速，得此表后，更可较量入微矣。

言海图的重要和英国海图的优长：

> 驾驶行海，全赖图本。各国海图，英为精确。总目十六页，各洲各口分图凡三千馀页。年有所增，月有所改，故以新者为上。舟中之图，皆英国本……
>
> 海图则英国为详，航海者皆用之。举凡兵船、商船、邮船，下碇之所，皆有定地，不容少淆。而洋海之下，泥沙石土，粗细颜色，莫不详记于图，不特按图可知广狭、深浅、远近已也。……
>
> ……倘风潮过猛，迷失地位，不能确指度分，则取长绳，系铅坠，掷下探之。铅坠空其末，抹以牛油，及底，油粘泥出，以显微镜辨之，即可借此以辨度分也。泰西行船之法，细密如是。

言潮汐的来龙去脉：

> 考潮汐乃日月吸力所引，故随日月为大小。朔则日月同在一方，吸力相合，其力猛，能吸水离地高起；望则地在日

月之间，日月互有吸力，其力聚能束水附地高起；故朔望之潮汐大。上弦、下弦，日月相距成九十度角，吸引之力分，故潮汐小。立春、立秋，日近于地，吸力大，潮汐亦大。冬日潮水小，夏日汐水大，皆宜随时详察之。

言新闻中对一种护舰胶皮的报道：

闻美国妇人何特氏创造一种胶皮，用以护战舰而御炮弹最佳，英、美国皆已考求而试之。乃以印度橡树皮制成，其质韧而有宽紧之性，不漏水，不泄气，名曰“何特忒”。其言有二利：一保护船艘，二补救触碰之损。验得炮弹洞穿后，暂有裂痕，旋即收紧复原，毫无罅漏；又弹入铁甲内，其孔之大有三寸，而外视仅有微迹，实无滴水可入。……若以此胶护船艘，护炮台，护险要，均佳。

作者对海上科技的钻研，深得其“顶头上司”刘瑞芬星使的赞赏。他“获睹琅篇”之后，联系中国古代文化，对“气差”、“风性”之论，亦作了颇有见地的阐发：

一曰气差。中国定时置闰有岁差，辨土测景有里差。今泰西气差之说，谓根于电铁二气。稽其经纬度数，按日考记；将五洲差度盈缩，绘图列说。航海指南，实为要图。二曰风性。夫八风之占，见于通卦；五两之风，候于鸡羽。推之箕轸星好，舶趠海来，长年三老能言之，而或有验有否，未能悉准。今以风向之左右，定舟行之避就；以风表之升降，审舟行之迟速。御风要术，无过于此。（《航海琐记序》）

古人对“差”与“风”，已有明确的概念和初步的探测，而西人做得更加准确精确，提供了极重要的“航海”之图和最好的“御风”之术。在这番议论中，全然没有了国人“夷夏之辨”的惯性思维，有的只是对科技史的平实记叙和对科技发展的由衷赞美。“高山流水”，于此尽显。

官兵演练

朝廷屡派部队接舰，用意不仅在舰，而且在人。也就是说，要让正在组建的中国海军，除了在沿海操训之外，还多有一些真正在大洋演练的机会。接舰的过程，实际上也是一个演练的过程。关于这些演练的情形，极少有人记录下来。而余思诒作为海军建设的有心人，恰恰非常关注部队的成长，在留心科技的同时，还以亲历者的身份，记载了舰船演练的种种实况，为后人了解北洋水师的历史，提供了具体而生动的材料。

舰群航行刚六日，作者就对演练作了一个整体的小结：

> 自二十五日起，行大西洋凡六日。虽于靖、经、来三舰之情形不能确悉，然皆按律徐行，各船执事惟谨。间因机器新式，非所素习，偶有错误，总理诘责随之不少贷。终日间变阵必数次，或直距数十百码，或横距数十百码，或斜距数十百码。时或操火险，时或操水险，时或作备攻状，时或作攻敌计。皆悬旗传令，莫不踊跃奋发，无错杂张皇状。不特各船将士如臂使指，抑且同阵各船亦如心之使臂焉。

“错误”难免，但总的来说还是训练严格，士气高昂，显有成效。后来的演练也大致如此，“船中课程皆有常，经风雨寒暑，未尝或辍”。

洋员琅威理（英国人），为提督衔总理，是接舰部队的最高负责人。对其指挥调度，余思诒有专门的记叙：

> 巳刻，操。午后，站炮位。督船传令改单雁行阵。少顷，传令打慢车。顷之，传令打快车。顷之，传令改波纹阵。旗询：一小时用煤若干？顷之又询：四小时用煤若干？顷之又询：存汽若干？酉初，传令速备子药。凡行阵参差错落，必诘责；答词迟缓，必诘责。欣见总理军令之严，立法之密焉。

> 据总理大副吴京荣云：琅总理终日料理船事，刻不自暇自逸，尝在厕中犹命打旗传令。总理之辛勤，为不可及矣。

琅威理在北洋水师担任高级职务，前后长达六年之久，其精干严格，有口皆碑。作者之记，证明这位对中国海军建设有贡献的洋将，的确名不虚传。

另一位着墨颇多的指挥官，则为作者所乘“致远”号的管驾（舰长）、营务处副将衔邓世昌参将。从作者笔下，可见其多种素养和品质，如：技术娴熟，“辰正，烟筒有火，因添煤过多，致腾烟焰。邓参戎令开火门，塞灰洞，立止”；带病履职，（九月二十二日）“邓参戎病，壮热腹闷，不思食”，（二十三日）“是日……仍病”，（二十四日）“是早，登望台，见邓参戎扶病监视行船，盖将至险处也”；帮助海外华工，当西班牙边境有广东佣工“叩首求援”时，邓世昌随即向外国官员了解情况，并“即与各管驾商明，复至日境大铺问明缘由，允带八人回国。命下午来船，帮同作工”；约束士兵纪律，在新加坡时，“其日偕四管驾登岸，适见放假水勇数十人结队前行，有回首见船主来者，并不通知傍立。营务处邓正卿立叱之，于是站道候过”，等等。此后过了七年，中日甲午战争爆发，邓世昌在黄海海战中率“致远”舰奋勇抗敌，壮烈殉国，成为国人崇敬的民族英雄。回读余思诒当年所记，“邓参戎”的感人形象如在眼前。

除个体外，作者还将群体作为记叙的对象。他对舰上“支更官”最为同情，认为他们不但责任重大，而且尤为辛苦。对其日夜操劳的情形，日记中作了全方位的描绘：

> 船行大洋，昼夜不得息。二副、三副分两时为一班，在望台支更，全船皆其责也。……支更官手执远镜，近测山岛，远测日光，夜测恒星，以端趋向。或涨力过猛，行或趋前；或汽力少弱，行或落后；督船诘责随之。故支更官随时加减轮转之数……督船传令改阵，立即拨舵转向，虽烈日暴雨，不能规避，且刻无暇晷焉。
>
> 其最辛苦者，莫如子正至寅正两时也。其时全船执事，皆已酣睡……如前日西北风，至夜半狂飙更甚，冷如严冬，势幾推壁。支更执事，或有就炮位左右，暂避风头者，而支更官独立望台，以左右望，渴无饮，寒无衣。倘督船灯号一明，立即遵照传令，虽浪大拍身，不容少缓。受代者至，始得下望台，入舵舱，按照现行经纬度数，在海图注一小码，方敢入私室，啖饼干数枚，袱被僵卧。……

在接舰部队中，来自国内各水师学堂的学生（每舰3人，共12人），是一个比较特别的群体。他们是学有所长的实习生，也是日后海军将领的后备队伍。对这批新式军校生，作者与之交往甚多，通过交谈和观察，记下了他们逐渐成材的历程。先是学校的学习和训练：

> 云初入学堂，先学水手事，如打绳结、上桅竿、帆篷记号等。又习枪炮、陆军行阵兵丁之事。逮上练船，尚是水手之事。遇风大浪猛之日，教习必令荡舢舨；逮诸生力乏不能前进，始自放舢舨来援。皆所以练手、练心、练胆也。至于测远近，较迟速，甚属微渺；风力、水线，必根算学乃成。按图行船，尚是易事。

当问起“教习学问，最深者何人”时，学生的回答是“严又陵先生”，“不特驾驶、管轮诸事诗练，循循善诱，即中国学问亦高。吾辈小有所得，皆严先生之教也”。这位“严先生”，就是学贯中西、后来大名鼎鼎的严复。得名师指教，难怪才识不凡。余思诒对这些学生的评价是：“骏卿见理明达，且有道学气；雅村作事果毅，且制艺亦佳，不愧天津学堂高才生也。同船二生已如是，其他可知。”“道学气”也是一种“书生意气”，可解为肯钻研学问，而“制艺”即八股文，是当时求功名不可或缺的本事。一面开放于“长技”，一面仍受缚于“制艺”，反映的正是一种历史的真实。

对学生们如何实习，日记中亦有详细介绍：

> 学生之在船学习者，皆才技已成者也，分班随同治事。如在望台驾驶……凡有船来，遥见一桅，即报有船来；得见旗，即报某国船；既见几桅、几烟筒，即报某国几等船；见旗式，则报某国、某某船、几等其官某人。该管官若考之，则询兵若干，炮若何，速率若干，容积若干，我炮能攻否，

> 我速率能及否，我船能受来船之炮否，应距若干码开炮，应距若干码备来船之炮，我船速率不及，炮力不及应如何预备。学生应照书中所纪、平日所知者，一一皆答之，而后退不能者罚责。此水师之定程也。

通过这些“琐碎”的训练，学生的书本知识才终能化作实际的本领。

为了全面展示舰船官兵的基本生活，余思诒特地抄录了一份亦属“水师之定程”的“秋季操单”。此单共列有29项规定，从“早起四点三十分，卷吊床”开始，到晚“九点三十分，安睡”结束，各种“常操”内容，皆在其内。作息表后，还附以关于“值更”的规定：

> 值更以四小时为一班，昼夜分六班。除管驾、大副外，皆轮值。届时，内巡各舱，外瞭四远。及行船各事，皆值更官司之，轮机舱则查察机器磨洗、擦油等事。学生亦如之，水勇、升火亦如之，各司其事。

有了这些记载，难为人知的北洋水师越洋演练细节，可谓一目了然。

船行大洋，航程多艰。归途中，相继有兵员付出了生命的代价。10月3、4日（八月十七、十八日）的日记写道：

> 晚，热不能寐。登岸，遇各船管驾。知“来远”船有二勇病故，皆患腿肿，不数日上攻于心，本日申、酉间相继而毙。闻尚有病者六名。
>
> 辰刻，“来远”二勇之柩，登岸寄葬，同群各船下半旗以吊之。同时，英吉利、法兰西、西班牙各国之兵船，下半旗

> 五分时。总理船复升旗、下旗，升旗以谢之，水师通例也。

11月16日（十月初二日）记：

> 雇升火土人八名，分派各船。病故升火水手甚多，故也。

11月26日（十月十二日），香港在望，日记中又谈到患病事：

> 各船多患腿肿病，上攻至腰际即不治。行大海中病故者，即备棺，椎眼系石投海中，而“致远”尚无其人。今日，一升火危险已甚，同船均盼早到香港，以免掷海云。

第二天，作者再记：

> 升火一名患腿肿病，昨日上攻于腰，今早病故。水勇佥云：“统领吩咐，病故者，近岸处必葬于陆，毋投于海；如距岸远，则亦无可如何。今将至香港，咸代乞恩，毋投于海。”营务处商：若不报总理，则无此规矩；报则必令沉于海，将若之何？商之再四，报云：“日内可抵香港，病故升火一名，先行成殓。”督船不覆。亟令木匠备棺，收殓候令。

这位不幸病故的“升火”，有幸受到众水勇、营务处及督船的“关照”，应得以安息于祖国的大地。

舰外的世界

余思诒乘舰东归，一路穿越大西洋、地中海、红海、印度洋、南海，沿途所见，是一个文明各异、文化多元的世界，一个充满竞争和挑战的世界，也是一个与中国息息相关的世界。对这个世界，作者留心观察、深感兴趣者甚多，其记叙中最为突出的，则有欧洲海防、华侨处境和接舰反响等要事。

欧洲作为海上强国，其势力究竟如何，这是作者最为关注之事。对此，书中作了一些基本数据的统计。如“各国铁甲师船”的数量：

> 查光绪七年铁甲兵船之数，英国五十五，俄国二十九，土国二十四，和国十七，奥国十四，德国十二，瑞典、挪威国八，日斯巴尼亚七，丹国六，葡萄牙一，希腊则国最小，亦有三，法国未详。……今查本年之水师书，则美国、秘国、智国、阿掌丁国、巴西国、日本国，皆有铁甲兵船，则海外之有铁甲船者，计凡二十国云。

又如“各国现有雷艇”的数量：

> 怀脱厂代造雷艇之数：德国二百艘，法国二百艘，丹麦国五十艘，瑞典国五十艘，俄国五十艘。英国已仿造二百艘。葡萄牙国五十艘。意大利国购数艇为式，设厂自造。西班牙国在德厂定造一百艘。……德国什好厂自光绪三年至光绪十三年，代各国所造雷艇之数：俄国二十艘，德国六十艘，意国二十四艘，奥国五艘，土国五艘。……

在欧洲各国中，英国海军首屈一指，成为考察的重点：

> 英吉利国水师之盛，为地球各国冠……兹不论其甲厚炮巨之船，饷重技精之士，姑就其外洋水师考之，乃知竟将全球洋面，分设六军，举凡辖内保护商民、修理电线、测量海道、寻觅岛屿各事宜，皆统焉。至若北海、波罗的海、地中海、红海等处，为各国舟行冲要之区，而嘎第嘎德、直布罗陀、苏以士、亚丁诸隘，悉为英人所据。设兵建戍，棋布星罗，不啻扼五洲之吭，而管重瀛之钥。操纵由我，进退自如，固宜其长驾远驭，横绝四海，而莫之与京矣！

对英人所据“冲要之区”的情形，作者实地观察后，作了很多具体的介绍。其对直布罗陀岛防务的描叙，令人印象深刻：

……英人沿山麓建炮堡，平山坡设炮台，凿山腹成炮穴，就山高下回环，筑坚石成炮堤。遍列巨炮，铁弹成丛，如临大敌状。……于北峰建望台，南峰建灯塔，东、西航海者，皆寓目而警心焉，曰此诚扼险之区也。

全岛大小炮位三百八十尊，而峰顶之炮二尊，口径十三寸者，及远二千八百码；堤下之巨炮二尊，则重计一百吨，备攻坚甲巨舰也。支岛炮窟，称于欧洲，今幸亲历焉。山麓之炮堡，备攻近也；山顶之炮窟，备攻远也；山坡之露炮台，所以补炮堡、炮窟之不及，而弥缝其缺也。思弥周而备弥密矣！

对比欧洲，中国海防之弱，显而易见。

国之强弱，华侨境况是一个重要指标。鸦片战争后，列强以强凌弱，在澳门、广东等地骗卖华人出国做工，被称为“卖猪仔”。前述西班牙求援华工，就是这样的“猪仔”。他们获得中国舰船帮助后，余思诒句其中两人询问了详情：

询其何由来此，则被掠之“猪仔”也，佣工二十馀年矣。询其作工如何，答称苦甚。工满自佣，亦可自给，何以一寒至此？答曰杂费甚重，佣资止敷缴官，是以食不饱，寒无衣。询其有逃走者否？答称有之，然不能逃，佣主以狗监之。佣人若逃，主则挞狗。狗惧，嗅迹跟寻，见则啮衣不释，逃将焉往？呜呼，“猪仔”人而不如狗乎！

作者因而联想起在越南做佣工的华人，也饱受欺压，“法人以六项之税税吾民……苛政猛于虎，往者不加少，是诚何心哉！……若‘猪仔’则被骗卖身，日人而税其主犹可说也，税其佣则苛矣。佣满自佣，仍厚税之，使失生计，仁政固如斯乎?”真可谓愤从中生，悲亦从中来。

与此同时，作者也看到了华侨另一方面的情况，这就是在新加坡、暹罗等地，华民也逐渐扎下根来，成功融入当地社会：

> 新嘉坡华民生业，上焉者制轮船，屯货物，往来南洋、印度各岛，多者一家数十艘，少或三五艘。更有租地雇佣耕种者，气暖土肥，终年常稔，皆积资巨万。中者租屋数间，设肆悬牌为坐贾。下焉者或佣工佃田，或受雇作伙，亦可自给。……星坡距暹罗甚近，闻华民往其地者，纳身牌费洋银三元，满三年更换身牌，再纳三元。华民约有百万之众，在彼耕种贸易焉。

越来越多的华人流通到世界各国，在那里创造他们的新生活，这是晚清打开国门之后，势必出现的新常态。

作为弱国，清朝从兴办洋务开始，也走上了求强之路。筹建近代海军，连续购买外舰，就寄托着朝廷和国人由弱转强的希望。东归途中，余思诒在舰船停靠之处，十分留意人们对中国舰群的反应，一一予以记录。归国后，特地作为一大“快意事”，集中报告给众多知交好友：

> 我四舰之东来也，当在新嘉坡，则华商千百成群，欣欣相告，登船游观，正日喧阗，莫不额手称庆。……当在锡兰也，土人亦环海纵观，欣欣相告曰：“中国吾同教之国也，兵

舰过此多矣，日益强矣，亚西亚幸矣。”莫不遮道欢迎，举手祝贺。……当在英之南海也，见我龙旗船来，炮台鸣炮申敬，相率来观者，士女如云。女则扬巾，男则脱帽，举手欢呼：“克欧罗，克欧罗！”克欧罗者，译音“无美不臻，皆大欢喜”，犹之五福九如俱备也。……

无论是新加坡华商，还是锡兰“土人”，抑或是英国“士女”，都喜迎中国舰船，祝福中国日强，的确令人高兴。听了报告，客人也都称赞“我武维扬，邦家之光”。余思诒看到了中国的希望，同时也表达了自己的热切期待。他只稍微作了一点渲染，将“克欧罗”（hello）一词翻译得有些夸张，但意在长中华志气，似乎也没有什么不好。

归来答问

护舰东归的任务，到11月28日（一月十四日）抵达香港之时，已告顺利完成。不过，余思诒还承担着另一件重要差事，就是将刘瑞芬星使在伦敦托付的、业已生效的“缅甸约章”（即《中英会议缅甸条款》），亲自交送京师。在了此公干的途程中，他先后在广州、上海、北京等地稍事逗留，因公务而拜见官长，因私谊而约会戚友，其海外之行成为众人关注的热点，各类问题，纷至沓来。

这些问题，涉及面相当广泛，题目有大有小，层次有深有浅。要之，仍无不围绕“师夷”这一中心课题而发。从问答中，不仅可见各层面之国人了解西方的态度和程度，而且更可见到亲历西行东归后的作者，有了哪些思之已久、来之不易的心得。在此，不妨挑选一些话题，以作代表。

（一）海防。

这是大家问得最多的问题。

同乡于宴请之时，“佥询外洋海防如何”，余思诒根据亲身考察，作了这样的概括：

> 曾访泰西各国，沿海地方，遇战设防，皆伏藏地雷、水雷，愈多愈慎。巨炮劲兵以守要地、防海口，而以雷艇助炮台、兵舰之不足，坚甲巨舰则以扼要道、封港口、断接济、截归路而已。至通商口岸，则与各国商民以公法共保之。惟制雷须加良法，藏雷须知药性，封口御敌须知敌船强弱，沿海设炮须知海滩深浅、港口大小，公保通商口岸须知各国商情，方能握奇制胜也。

要之，“沿海地方”以强大的军事力量御敌，而“通商口岸”则以“公法共保”制胜。

一些京都知交的问题是：“海防经费浩大，外国固如是乎?”对此，余思诒的回答非常肯定：

> 然，殆有甚焉。一船之费千馀万，一台之费数千万，一炮之费数百万。年年增新，月月改旧，一年不止增一船一炮，必增多船多炮。非但一国增船增炮，各国莫不增船增炮。非但强大之国增船增炮，弱小之国亦莫不增船增炮。

没有想到的是，“语未竟，客讶曰：‘其信然耶?’”，表示不大相信此事。作者于是再做回应：

> 此非一人之私言，五大洲当共知之。昔在伦敦，凡各国之坚舰巨炮在英厂造者，必请我星使及各国公使……至厂试

> 验落成。先期登新闻纸，布告各国；试验后，又登新闻纸。……盍购新闻纸常阅之？

只要经常看报，就不至于如此少见多怪，这是余思诒给闭塞者的一个忠告。

两广总督张之洞问的是“现在海防宜如何办法”，余思诒比照西方，给出了一个仿效的对策：

> 近来泰西各国，以雷艇保海疆，以坚舰巨炮备攻敌。如义大利三面环海，逼处强邻，则兵船以大为贵；近制十九寸钢甲兵船一艘，上置一百十五吨巨炮二尊，即可巩固一方。今从外洋来，苏门搭腊、新嘉坡乃西来第一重门户也，宜制巨舰，有事则扼南洋之要道，使之不得前，既进不得归。

将防线一直前置到苏门答腊、新加坡，张总督当然知道此事绝无可能，但仅答以“我海疆辽阔，设防较难，非如义国之蕞尔也”，既是一个委婉的批评，也是一种无奈的自我抚慰。

询问海防之事的还有曾纪泽，他提出“设防固应因地制宜也，惜我中国经费难筹，将如之何？”余思诒的回答是：

> 谨守定章，似无法可以筹饷。但能振兴工艺，免出口之税，使出口之货多，则钞关之税可日赢；增进口之税，则海关之税可日赢；迁无业之民，置不耕之地，则粮赋可日赢……且可增若许山林薮泽之利。中国地大物博，愿侯爷加意焉。

突破“定章”，从发展经济、广开利源方面想办法，这已属“变法”的路数，是“师夷长技”的升华。对此办法，曾纪泽表示认同。

（二）机器生产。

这是一个连续性的提问，先问："欧洲机器日多，制造日增，不夺其民生业乎?"余思诒明确回答：

> 否。夺别国人生业，增本国人生业耳。假如我中国喜用何物，各国必是则是效，直夺我民生业而已。我诚能侦其所喜者，而是则是效之，则可夺其生业矣。

那么，"何以知其所喜，而则效之"呢，余思诒以国家必设"商部"和"赛会"答之：

> 此欧洲各国之所以必设商部，必设赛会也。有商部，则可核各省各县之土产而流通之，可考各国各商之贩运而利导之。又设赛会厂，而品评其甲乙，使各省工商互相观摩，互相效法，精益求精，庶商务可操奇计赢也。

这两项举措，在后来的维新运动中，都成了变法主张的重要内容。

（三）丝茶出口。

中国向西方出口丝茶，由来已久，鸦片战争后也未曾中断。有人想再次验证中国丝茶的重要性，提出了"欧洲以我丝茶为贵品，有之乎"的问题。余思诒以亲身体验为据，直言情况已变，危机将至：

> 然今则否矣！恐不及十年，丝茶出口几稀矣！尝在英国饮印度茶后，即觉中国茶淡而无味……英国力筹畅销印度货，而印度茶味厚于中国之茶，此可决中国茶之不能久操利权也。泰西之伦敦、巴黎，繁华地也。曩日过其市间，见陈设中国绸缎多种。越时过之，仍如故。盖由华出洋，色已不鲜，而

> 法国绸缎则色艳而价亦廉，孰不舍华产而购法产耶？且近年义大利、印度、日本竭力讲求，产丝日佳，又可决中国丝之不能久操利权矣。

将丝茶兴衰上升到“利权”得失的高度来认识，“商战”意识，呼之欲出。

（四）贷款。

在中国人看来，欠债总非好事，债台高筑更是一大祸患。而“欧洲各国，莫不贷债，多者累至数万兆”，它们对负债毫不在意，究竟靠的是什么办法呢？对这一中西观念反差甚大的问题，余思诒作了相当清楚的解释：

> 欧洲各国将有兴作，先计利害。苟利多害少，则国家防其害，而商民沾其利。又必计其利之所入，按若干时工竣，若干年摊利，若干年归本，若干年倍利于本。于是，集股则商民踊跃，贷债则子母盈馀。是以贷者、受者，交相获益。人但见其费之多，殊不知其利之长也。盖贷债而作无益之举，犹纨袴子弟贷债游乐怠惰，必日趋于穷；贷债而兴大利之端，犹富商大贾受存公项巨款，定日增其利。此可一言而决也，虽千万兆，奚害于国哉？

之所以敢于贷债，是将其用于工商投资并确保获利，这的确抓住了事情的关键，也使人看到了一个很不一样的世界。

（五）民生。

这是一个很有意思的中西比较的问题：“我中国丁口繁庶，化行俗美，冠于五洲。然游民满目，游勇散居，水旱偏灾之处，人民流离，议赈议蠲，岁不能免。欧洲固如是乎?”换句话说，就是问欧洲是否也像中国，同样存在着“游民”和“饥民”的问题。余思诒显然作过很细致的观察，因此回答得颇为中肯：

> 欧洲轮车行陆，轮船行水，货物畅通，不患灾祲而患游惰，故立法不准空手取人钱财。学校遍于国中，男女及岁，必娴一艺一技，即佣仆亦必出自学堂。各项工值，由官论定，务使一日工作，可赢三日之食。故有惰民而无游民，有莠民而无饥民。故孟子汲汲以庠序学校为言，盖慨战国时之人民失教也。

一方面，断言欧洲由于产业特别是教育的发达，已根除了“游民”和“饥民”之患；另一方面，也指出还是有“惰民”（不勤劳之人）和“莠民”（不守法之人）。对于中国之患的原因，作者引孟子之言，归之于“失教”，并将其源头上推到了“战国”。按此分析，所谓“冠于五洲”的“化行俗美”，其实也只是一句空话而已。

（六）西学与洋务。

西学和洋务，当时皆为引人注目的热点。许多人都在谈西学、论洋务，但究竟如何理解这两个概念，人们实际上存在着很大的差异。倡导者固然不乏其人，而抵制者势力似更加强大。因此，当有人问“子好西学，今从海外归来，洋务必有把握。愿有以教”时，余思诒首先想到的，是必须准确界定其内涵：

> 所谓西学，乃实学也。若仅西方之学，而非实在之学，圣朝将焉用之？所谓洋务，乃时务耳。以为外洋之务，而非及时之务，此要政之所以不得畅行也。

回答很简短，其中却有大道理在。将“西学”定义为“实学”，指明了其学并非因地域而重，而是因为有“实在”的价值，因此无论中西，皆可采“用”。这不仅将西学与中国的实学传统融为一体，淡化甚至消解了中西界限，还隐约包含了西学具有普世性的意思。以“时务”来解释“洋务”，是要强调“洋”仅为名，“时”才为实，诸事虽仿照外国，其实质还是中国自己应行之“要政”。在此解读中，打破中外隔阂、追赶当下世界潮流的思想，已经初见端倪。

（七）出洋的最大收获。

此问题带有总结性，问者开门见山、单刀直入：“万里之行，古今所壮。子往返十万里，周历十馀国，耗费若干金，究有何得?”对这个并非三言两语可以讲清楚的提问，作者也干脆来了个简化处理，将最要紧的“心得”浓缩成一副对子：

> 阅历根于学问，胸无所有，又何心得？惟有一联请正，联曰：“嚼碎十三经，按圣学中格致诚正修齐治平，这般这般认真做去；放倒廿四史，把地球上强弱兴衰因革损益，一国一国子细勘来。”

对联写得很有水平，显非即兴心血来潮之作，而是多年深思熟虑的结果。上联是说要融会贯通经典，切实践履中国圣学的理念，下联是说要摆脱旧史束缚，真正懂得世界变迁的因由。两条都颇具新意，它们以中国之学与世界之史作为“学问”根基，彰显了中西结合的文化取向。在某种程度上，为后来的中西“会通”论开了先河。余思诒以此为西行归来画上一个句号，应该说已经相当完满。

不过，正如作者所言："归国以来，每与乡曲知交宴谈，或疑海军若广艇商轮，或比海军如长龙快蟹。耳目所囿，固无足怪；深惜朝廷创设之至意，当事经营之苦心，至今犹隐而不彰。"其实，国人因隔离世界而"耳目所囿"者，何止"海军"而已！要使一切"师夷"大业，在更多人那里变"隐"为"彰"，"至意"与"苦心"也许并没有那么重要；最好的办法，还是广开走向世界之路，让中国人的东西之行，川流不息。

余思诒楼船日记□

光绪十三年七月初二日　　英制“致远”“靖远”由纽卡司启程
光绪十三年七月初五日　　“致远”“靖远”抵朴茨茅斯
光绪十三年七月初六日　　德制“经远”“来远”抵朴茨茅斯
光绪十三年七月二十五日　四船由朴茨茅斯启程开行
光绪十三年十月十四日　　四船抵香港口外九龙关
光绪十三年十月二十六日　四船抵厦门，“定远”等奏乐相迎
光绪十四年三月十五日　　“致远”等四新舰驶抵天津大沽口

□ 据光绪三十年（1904）上海商务印书馆印本
□ 杨向群校点

余思诒楼船日记目录

航海琐记序

武进余君易斋，观政虞部，识超而行笃，研心经世之学，盖亦有年。尝欲请缨绝域，以证其夙志。光绪乙酉六月，予奉命使西，君毅然请从，曰："此行非以壮游，欲以亲历海国，审知其事实。"予嘉其志，疏请于朝。报可，遂偕之行。既至其地，君入境问俗，凡其山川要隘，政治得失，民生利病，工肆良楛，靡不周览详究，握椠默识。 刘瑞芬序

逾年，适有英、德两厂造穹甲快船四艘告成，属君护送内渡。君因获与在船诸将士讲求水师操演各法，日有登记。舟过西南洋岛屿，停泊其处，亦必访询其形胜风土，笔之于书。泊乎行抵北洋，四船交收已毕，合肥傅相留君在津，不再出洋。 李鸿章留君在津

予于庚寅夏述职东归，行次上海。君邮寄此编，裒然成帙。每一展卷，如理旧书，如逢故人，絮话不休。盖此中语云，皆予与君所躬亲目击，或同舟连袂，或掉鞅联

镳，险阻艰难，备尝况味，故倍觉其言之亲切乃尔也。

是编称引繁富，未可殚述，第就其所注意者，厥有三端：一曰气差。中国定时置闰有岁差，辨土测景有里差。今泰西气差之说，谓根于电铁二气。稽其经纬度数，按日考记；将五洲差度盈缩，绘图列说。航海指南，实为要图。二曰风性。夫八风之占，见于通卦；五两之风，候于鸡羽。推之箕轸星好，舶趠海来，长年三老能言之，而或有验有否，未能悉准。今以风向之左右，定舟行之避就；以风表之升降，审舟行之迟速。御风要术，无过于此。三曰海战。古人海道用师，偶一行之，厥法未备。自枪炮尚而弧矢废，轮船盛而舺板稀，又以燃炮有电机测码之灵，驾船有度角凹凸线之判。推其本原，悉由算学。夫以大海汪洋，两军搏战，虽有贲育之伦，亦将气慑。矧一船之值百万，两国安危所系，岂可不练习有素，而贸然从事其间乎？然则兹三端之所寄，不綦重哉？

气差风性与海战

尝读《小雅·皇华》之诗曰："周爰咨诹。"又曰："周爰咨谋。"复继之曰："周爰咨度，周爰咨询。"盖诹者聚论，谋者计议，度者审量，询者究问也。而周爰者，谓随地、随人、随事，皆周遍而致其问也。臣尽其职如此，可谓使于四方，不辱君命，故诗人美之。方予与君之驾飙轮、越重洋而西也，利害之不计，身家之都忘，一意驰驱，不遑他顾。今皆遄回海棹，获睹琅篇，则所谓诹、谋、度、询者，固予与同志所交勉焉，而何幸于是编遇之也！赵翁孙有言："百闻不如一见。"言皆翔实，庶信而

诹谋度询

有征，岂与夫邹衍谈天、博望凿空者，徒逞一时之臆说哉！因叙其大凡而归之，俾异日刊以行焉，聊志海外飞鸿之迹云。

光绪十六年庚寅夏六月，贵池刘瑞芬顿首拜序

易斋仁丈大人阁下： 周懋琦信

日来校读大著，兼旬始毕。考核既精，利弊尤悉，而祟论闳议，迭出不穷。直令人目眙口噤，又复神旷心怡。披寻再四，莫名倾倒。其中偶有可商之处，谨即遵示妄代刊正，以仰副大君子虚怀若谷之雅。狂妄之罪，知无所逃。兹以大著一函四册呈缴，伏希察收，得暇当即走谈也。手叩台安。作舟谨再拜。

自中国海至欧洲，向见斌武备院卿有《乘槎日记随笔》，继而郭侍郎、曾惠敏侯皆有刊记。此篇竟出其上，因其护送兵船，又能虚心下问，大副二副愿以风向、罗经差度告之也。西洋兵邮各船，罗经设于望台柁房，管驾及管轮驾驶各副外，皆不准到，故不能逐日见而记之也。琦在法国测绘海图衙门（即陈恩焘学海图绘算处）测罗经准差房考之，知所谓各差，而不能在行船时记其每时每日每差若干度也，亦不能知行某海程某阵也，时水流何向风何向也。此记可以传矣！梅克需曼差，其说有二：一曰人名，一曰石以人名。余君独能求其差之所以然，可谓深思者矣，可谓好学者矣。故书以复于执事，以为何如？ 斌椿 郭嵩焘 曾纪泽 深思者 好学者

原籍绩溪人钱塘周懋琦书于天津舟次

楼船日记序

古舟师之制

考古舟师之制，始于楚子为舟师略吴疆，公输子为舟楫战具，退则钩之，进则拒之。嗣后汉造十丈楼船，隋建五牙大舰，唐制挟水之轮，宋有转海之式。智创巧述，代有其人。吴人以舟楫为舆马，以巨海为平道，由来已久；唐伐高丽，明征倭寇，盖不必取法泰西，始扬威海外，克奏肤功也。

道光中叶，海禁大开，遂成千古之创局。火轮船以运货，大兵舰以卫商，铁甲易以钢甲，巨炮助以鱼雷，阅时一周，行海程几二千里，此又舟师之极则矣。故宇内志士，咸思致力西学，得措手于海疆焉。泰西海军，昉于埃及，由是互相效则，法制日明。明洪武时，英吉利始创海

英国海军称雄霸世

军，五百年来，精密详备，遂称雄霸世之。言海军者，莫不首溯及之。揆厥由来，悉由算学。

蒙质鲁识钝，心焉好之。初究心于天算，苦其奥远无

凭，旋弃之，而究心化学。乃一器伤而诸器若废，药水断而考验无方，又复弃之。锐意求尊攘怀柔之道，为简练揣摩之功。于是博采群书，究其缘始，访购译刻图籍，遍览华字新闻。而涉历西书，既师承之无，自习西语，又口语之多讹。累日积月，垂二十年，所学迄无实际。乙酉之冬，蒙星使刘公奏调出洋，派驻英国。始自备资斧，游历英、法、德、和、比诸国，得以考证风土人情、学校制度，而于医学、矿务、工程制造，尤不靳资财，不惜心力，殚精讲求。然从事日浅，止窥门径，莫登堂奥，良用歉然。 随使英国

逮护送兵舰东航，藉得畅游停轮各埠，且日与水师诸君共晨夕，始知海军将士必上律天时，下袭水土，方克乘风破浪，攸往咸宜。其笃学者，尤必博涉西书，勤求格致，不仅明制造、解测量、习风潮、熟沙线、辨海图，能擅偏长已也。于以知御外侮，固海疆，张国威，尊国体，胥在乎是。蒙相与讨论，遂得知所未知，明所未明。因以身历目击，并讲贯所及者，记之于篇，留以自审而已。 护送兵舰

归国以来，每与乡曲知交宴谈，或疑海军若广艇商轮，或比海军如长龙快蟹。耳目所囿，固无足怪；深惜朝廷创设之至意，当事经营之苦心，至今犹隐而不彰。

是编于海军行阵差操、调度方略，已具一斑。其他见闻，凡有益于海军者，皆记之。且历程五万里，历时四阅月，而于三大端，用心尤良苦焉。一曰罗经差，即八卦之先后天也；二曰风性说，乃水师授受之课，外无传刻者 益于海军者皆记之

也；三曰海战要略，乃汇集诸书，掇其精要，备海防之采者也。则是编虽不足以问世，或可为当代之考求海军而未能身历者进一解欤？

武进余思诒易斋甫序

楼船日记凡例

一，是编专记海军沿途差操行阵，其他见闻之有益于海军者，必比事连类而书之。比事连类而书

一，经过各埠，能登岸游历，有事实可稽者，亦必附录，以扩见闻。

一，逐日风雨寒暑，多凭自处舱内表度记之，故与兵船日记参核，间有歧异。

一，所记气差、铁差及行程经纬度，概照船中日记记之。倘其日未见测量，未见日记，则阙而不录。

一，海军差操，皆有定程，风雨不辍。所记或详或略者，以未经目击，则从其阙。

一，船中器具，皆系极新式样，非专门素习者，无由指其名，知其用，故所记略而不详。船中器具式样极新

一，海军差操调度，非身在兵船不能见，非讲求有素不能解，非在在考证不能详。是编就平日所知及在船与诸

将士讲贯所得者，随笔记之，此外遗漏尚多。义取征实，故不知者不敢妄谈，识者谅之。

13,6,26

楼船日记卷上

光绪十三年六月二十六日　壬子，黎明，先期恭贺皇上万寿，星使率属望阙叩头。思诒谨按：是月二十八日，恭逢皇上万寿圣节，因孟秋时享斋戒，遂定先期朝贺。 皇上万寿望阙叩头

是日午后奉札：前出使大臣曾遵奉电旨，在英国阿模士庄厂制造穹甲快船两号，并随船炮位等项。又准北洋大臣李电，两快船拟名"致远"、"靖远"，业已工竣，定期驶至抱士穆德海口，会齐德厂新造两快船，一同展轮内渡。应援照"定远"等舰回华之例，派员护送，沿途照料，以昭慎重。查有随员员外郎衔工部主事余思诒，才识宏通，讲求西学，堪以派委到船。会同邓参将等，沿途妥为照料。俟抵津验收后，即束装附轮，仍回使署当差等因。 曾纪泽 李鸿章 邓世昌

二十八日　晚，星使赐饯于荷儿棚。同席杨中书文会、方学博培容、汪鹾尹奎绥、胡贰尹树荣、张贰尹祖翼、洪参军遐龄、吴中书宗濂、董理问瀛八人。

“致远”“靖远”启轮

七月初二日　丁巳，“致远”、“靖远”由纽卡司启轮。

初四日　星使面谕：缅甸约章，英国君主已经画诺，订初七日未正在外部互换，当交送京师。

初五日　庚申，处暑节。致、靖两舰拖带雅乐厂承造之鱼雷艇，于初四日酉刻抵抱士穆德。酉刻，出使德、法、奥、义、和、比国大臣许由德抵英，参赞官工部郎中庆常从。

初六日　“经远”、“来远”于午正抵抱士穆德。星使招待许星使晚酌。

初七日　未初，星使率参赞官李经方、翻译官马格里、武弁马立功，赴外部互立换约文凭。申刻旋节，命思诒面加检点。

缅甸约章汉英文本

约章汉英合文。汉文之前，天朝大皇帝盖用御宝一颗；汉文之后，年、月、日，奉朱批“知道了，钦此”。英国君主维多利亚于英文之末，亲自画押。面页加绛色硬绸板。约章两半折处锥三眼，以丝绳交贯其中，汇两头用胶蜡封固之。模印君主圆式径五寸像于两面，如币形，下缀银丝两绺。盛以镂花银盒，外加木匣。匣里衬蓝色绒，底成圆孔，储蜡印盒，加约章于其上，覆盖加钩。星使又制黄匣加锁，将锁锟封入总理各国事务衙门咨文内。思诒领下，谨用油布包裹，外加皮絛，以便沿途捧负。

并奉札，准总理衙门咨开：“上年与英国议订缅约五款，于本年二月初二日缮就正本，奏请批准。”当奉朱

13,7,7
赍约回总理衙门收存

批："知道了，钦此。"兹将正本请用御宝讫，相应恭录谕旨，并正本一分，咨送存收，订期互换等因。七月初四日准英国外部照会，缅约已经其君主批准，于七月初七日互换，届期本大臣赴英国外部，会同外部大臣互相校阅互换。兹将缅约正本储存木匣，饬派随员工部主事余思诒赍至京师，呈请总理衙门收存。除具奏外，该员即便遵照，妥为赍至京师，沿途务当格外慎重等因。

酉刻，具冠服，诣同差诸君室辞行。

抱士穆德（朴茨茅斯）验勘新船

初八日　巳初，思诒从刘星使、许星使赴抱士穆德验勘新船，参赞官李经方、庆常，翻译官马格里，武弁马立功从行。乘火轮车往，午刻至埠，寓新水榭对面客寓。洋员琅威理来，邀两星使及从员午膳。未刻，乘车至南水榭登舢板。艇以轮艇拖行，一轮艇前导，二轮艇后随，各艇皆建龙旗。登船详勘毕，节旋。"靖远"鸣炮十七响，停舟受之，水师之礼也。时风浪甚猛，及寓已灯光满室矣。凭栏远眺，爽气迎人。

同邓世昌参观英国水师船坞

初九日　甲子，巳刻，偕参赞官李经方、庆常，翻译官马格里，管驾邓世昌、叶祖珪、林永升、邱宝仁，从两星使阅视英国水师船坞。路过兵房，有二兵在，一兵手执蓝白拼色二小旗，上下左右舞。马翻译云："兵房传语旗也。见我若干车、若干人，旗语电房传报，预备接我钦差也。"

及至，门启车入，有兵两班站队。先至提督办公处投刺。提督公出，派员迎候。游历厂中，行约十馀里，见木之圆者、方者，铁桅、铁甲、锚舵，以及各种材料，各皮一厂，储置得法，条理井井。外围铁栅，一目了然。

遂登“安定簿耳”船，上下周视，如我经、来两舰之式，全重九千一百五十吨，机器马力七千二百五十匹。次登造而未竣之“塔赖发耳嘎”船，又如我致、靖两船之式，全重一万一千九百四十吨，机器马力一万二千匹。皆双轮旋炮台，每船巨炮二尊，每炮重一百十吨，合中国十八万四千八百斤。皆阿模士庄厂造也。（各式舰船）

时已未正，许星使往阅他所，刘星使先返，李参使及思诒从，枵腹已久。午膳将半，许星使及庆参使返。酉初，两星使将旋伦敦，思诒具冠服进辞，并与诸君作别。遂偕邓参戎同至南水榭赍缅约，乘小轮艇登“致远”船。船中已留第二号房备下榻，时掌钥者至伦敦未回，因在管事房宿。（登致远）

初十日　晴。辰刻，西南风，二九七六；戌刻，南风狂，二九七二。是日暖，早七十，晚七一。浪大不能往来各船。四舰一艇，同阵下碇，英东一度六分，纬北五十度四十八分。

思诒谨按：午门偏西一百十六度二十六分为英国格灵宜智天文台，或作二十九分，或作三十分，邹贰尹代钧以法图本核作二十六分。按英图本，可推京师度分。驾驶行海，全赖图本。各国海图，英为精确。总目十六页，各洲各口分图凡三千馀页。年有所增，月有所改，故以新者为上。舟中之图，皆英国本，故经线暂以英之东西计数，以其便于查核也。（英国海图最为精确）

13,7,11

十一日　丙寅，晴。正日风狂，早二九七六，晚二九七五。暖，早七十，晚六九。

是日浪大，仍不能往各船，因与学生等咨访行船事宜。

〔附录四船官弁〕“致远”管驾、营务处副将衔邓参将世昌，大副陈金揆，学生薛振声、郑纶、黄乃模，巡查刘东山。“靖远”管驾叶都司祖珪，大副刘冠雄，学生温朝义、祁凤仪、洪桐书。总理接船事宜洋员、提督衔琅威理总理，大副吴京荣，翻译洋员夏立士，在其船。“经远”管驾林都司永升，大副林文彬，学生韩锦、陈京荣、张浩。“来远”管驾邱守备宝仁，大副陈玉书，学生谢保璋、蔡灏元、梁汝辉。鱼雷艇派此船拖带。　邓世昌等四船官弁

十二日　晴。风仍狂，早二九六八，晚二九七五。暖，早七十，晚六九。

上午，往经、来两船拜会，回时在“靖远”少坐。

十三日　晴。风仍狂，早二九六八，晚二九六四。暖，早七十，晚七十。

午刻，视洋大副测算罗经气差、铁差。学生薛振声，号骏卿，天津人；郑纶，号雅村，福建人。皆天津水师学堂肄业高才生也。既与同船，因就讲贯。知其文理通畅，博涉西学，爰与考求气差、铁差之理，证以西书焉。　天津水师学堂高才生

十四日　风大而阴，早二九七八，晚二九四八。少凉，早六五，晚六四。

申刻，有英国水师官驶鱼雷艇出口，乘浪打靶。

舟中执事之制

〔舟中执事之制〕管驾官总理全船事宜。大副司船内事宜，凡舟之行止、人之功过，皆主之；二副司船外事宜，凡驾艇、测候、侦探及迎送各事；三副协同治事，弥缝其缺。总轮总司轮机各事宜，听驾驶指挥；大轮、二轮、三轮协同治事，弥缝其缺。驾驶学生学习驾驶各种技能外，协理副事；机器学生学习机器外，协理轮事。炮手司前后左右各炮，兼舱位各事宜。匠首司前后左右舱位篷帆，及修理事宜。水勇，即水手，有头目司之，以舱位分段作汛地，各司巡防工作操演。升火分值机舱各事宜，及外面机舱口刷洗擦磨。旗手专司传令各事宜，兼司瞭望。巡查官专司稽查船务，及兵勇登岸各事宜。司事司支应俸薪粮饷，采买杂务。文案专司文牍。

船上学生协理各事

舟中常操，皆有定程，随日长短而设。兹录其秋季操单如左：

早起四点三十分，卷吊床。

四点四十分，随带吊床应名，收吊床于棱。

四点五十分，洗刷舱面。

六点，开天篷，理绳索，擦铜铁各器。

六点二十五分，开饭。

六点三十分，早饭。

秋季操单

七点，上班换衣服，下班洗刷下舱。

七点十五分，值更官点名。

八点，早操。

八点十五分，擦炮。

13,7,14

八点三十分，擦枪。

八点四十五分，验枪，分派操作。

十一点四十五分，洁净舱面。

十一点五十五分，开饭。

十二点，午饭。

下午一点三十分，洁净舱面。

一点四十五分，擦炮。

二点，分派操作。 一日三操

四点，洁净舱面。

四点四十分，站炮位。

四点五十分，开饭。

五点，晚饭。

五点三十分，洁净舱面，理绳索。

六点三十分，晚操。

七点二十分，开吊床椟。

七点三十分，悬挂吊床。

八点三十分，洁净舱面。

九点，巡视各舱。

九点三十分，安睡。

值更以四小时为一班，昼夜分六班。除管驾、大副外，皆轮值。届时，内巡各舱，外瞭四远。及行船各事，皆值更官司之，轮机舱则查察机器磨洗、擦油等事。学生亦如之，水勇、升火亦如之，各司其事。 轮流值班

十五日 庚午，中元节。阴。风仍狂，早二九四五，

晚二九六八。微凉，早六五，晚六四。

施放鱼雷

未刻，英鱼雷艇一艘破浪出口。三刻许，见雪浪冲天，舟中人云鱼雷放矣。未几，又见浪花飞起，不一刻，鱼雷艇驶回。

英国水师

〔考英国水师辖地〕英吉利国水师之盛，为地球各国冠，而彼都人士犹常加指摘焉。昔谓近年师船不创新奇，止改旧式，是用隐忧。于是政院议造新船，而兴克洛色斯（船名）、安定簿耳（船名）、林诺恩（今名维多利亚）、商泊受耳（船名）、尼耳（船名）、塔赖泼耳嘎（船名）六船之工。今则又谓水师将弁只求逸乐，不图事功，志士耻之。盖因俄法之逐逐而言也。

全球洋面分设六军

兹不论其甲厚炮巨之船，饷重技精之士，姑就其外洋水师考之，乃知竟将全球洋面，分设六军，举凡辖内保护商民、修理电线、测量海道、寻觅岛屿各事宜，皆统焉。至若北海、波罗的海、地中海、红海等处，为各国舟行冲要之区，而嘎第嘎德、直布罗陀、苏以士、亚丁诸隘，悉为英人所据。设兵建戍，棋布星罗，不啻扼五洲之吭，而管重瀛之钥。操纵由我，进退自如，固宜其长驾远驭，横绝四海，而莫之与京矣！

非水师之强不能保英人之富

夫非水师之强，不能保英人之富；非英人之富，无以致水师之盛。俄罗斯、法兰西明于斯义，莫不筹借国债，增造新船。德意志于同治五年始筹饷项，创设海防师船。至同治十二年，用款合中国银约九千万，几欲与英人相颉颃，识者固知其不如远甚也。

13,7,15

兹录其外洋水师地界如左：

一，英西三十七度迤西，下自纬北四度起，上至五十六度止，包加拿大、北墨洲、中墨洲各口各岛，是为水师一军所辖洋面。北美洲

一，英西二十六度迤西，上自纬北四度起，包南墨洲而西，下及南冰洋至英西一百六十度止，上及北冰洋，折而下至纬北十二度、英西一百七十度止，是为水师一军所辖洋面。南美洲

一，英西一百六十度迤西，上自纬北十二度，下及南冰洋，包澳大利亚、纽锡兰、巴布亚诸岛，西至英东一百三十度，折而下至纬南十度、英东九十五度止，是为水师一军所辖洋面。大洋洲

一，英东九十五度迤西，上沿缅疆、孟加拉湾、印度全疆，下至纬南二十七度止，包马达加斯加全岛，至英东四十度，折而上至纬南二十三度，沿阿非利加洲之东岸，上至亚丁湾、阿拉伯海、波斯湾，是为水师一军所辖洋面。印度洋

一，英东九十五度迤西，上自纬南二十七度起，至英东四十度，折而下至纬南二十三度，包阿非利加之南岸、西岸，下及南冰洋，至英西二十五度、纬北二十度止，是为水师一军所辖洋面。南冰洋

一，英东九十五度起，上自纬北八度，下至纬南十二度，包苏门答腊、麻六甲、婆罗洲、小吕宋以及南洋各岛，沿越南湾、日本、琉球、朝鲜各海，俄罗斯之北海，太平洋

北冰洋

上至北冰洋，至英西一百七十度，下至纬北十二度止，是为水师一军所辖洋面。

英水师既分六大支，以辖地球洋面。然船之大小，则以港口之浅深而定；船之多寡，则以商民之富瘠而定。船则统于水师提督，而饷则筹于藩属督抚焉。

地中海等别为一军

北海、波罗的海，别为一军提督，则亲藩也。地中海、东西红海，又为一军提督，则二世子耳丁保尔公阿福勒也，时年四十有三矣。

十六日　晴。风小，早二九八六，晚二九八二。凉，早六七，晚六六。

新闻报道施放鱼雷

午后，登岸购抱士穆德各种摄影片，回时登“靖远”、“经远”船闲话。是日新闻纸记水师连日施放鱼雷事，以试速力有无加减、准头有无偏斜也。第一日，迎浪斜度放两尾，力若干；第二日，迎浪正面放两尾，力若干；第三日，顺浪斜度放两尾，力若干。详悉细微，见者皆叹赏。连日岸边皆有兵士数十人演炮靶。

由朴次茅斯至天津海程计日

〔记琅总理所开海程计日单〕由抱士穆德至直布罗陀五天，住二天。由直至波寨八天，住一天。由波至苏以士二天。由苏至亚丁七天，住二天。由亚至科郎埠十天，住三天。由科至新加坡七天，住四天。由坡至香港七天，住五天。由港至烟台六天，住二天。由烟至天津一天。总约七十二天可以抵津。今日闻二十一日可以启程，是十月初可以驶抵津沽矣。

十七日　阴。巳刻，雨。早二九六六，晚二九六三。

13,7,17

凉，早六六，晚六十。

〔记传语旗〕舟中军令传语，日则悬旗，以旗色分为字母也；夜则打灯，以灯光分为字母也。又有手持双旗，以上下左右为字。又有行船时，于前桅下横杆挂黑笠作记，上则快车，平则慢车，下则停轮，夜则以双灯易之。商轮单行时多，兵船群阵时多，故也。而商船通行之传语旗十八式，以字母拼音成语。又回答旗二式，兵船亦必习之，备与水陆商民交涉也。兵船传语旗，各国不同，制尚秘也。然水师通行传语旗，则必通之，方可肆应。手舞之旗，变式多至一百三十二种。各埠之有引港者，皆编旗灯传语，汇集成书，分送发卖。其有更改，立登新闻纸传布四方，行船便之。 旗语种种 商船兵船各有语旗

十八日　阴雨。早二九五十，晚二九五四。凉，早六五，晚六五。

航海轮船报时钟与寻常异，自一句至八句，四小时一周，昼夜凡六周。如子正三十分一句，丑初二句，又三十分三句，丑正四句，又三十分五句，寅初六句，又三十分七句，寅正八句，周而复始。然酉正三十分应五句，则打一句，戌初二句，又三十分三句，戌正仍八句而复原。未知其所自始。 海船时钟日转六周

十九日　阴雨。早二五九二，晚同。凉，早五六，晚同。

总理船务洋员琅威理传令：二十一日早开船。中官弁、水勇人等若干员，名皆刊横表，每七日一申报。表列 回国前准备

管驾官、副管驾官，大副、二副、三副、即用副，旧班学生、新班学生，总轮、正管轮、副管轮、管轮学生，医生，管队，正炮首，正副教习，总水手头目、副水手头目，一等水手、二等水手、三等水手，正管旗、副管旗，一等练勇、二等练勇、三等练勇，升火头目、一等升火、二等升火、三等升火，锅炉匠、铁匠、铜匠、木匠、洋枪匠，厨子、夫役、额外升火等值更时分，以及机器舱之蒸水用煤吨数、行船一小时用煤吨数、四小时用煤总小数、火轮用煤吨数，锅炉汽柜存汽若干倍、存淡水若干吨、存煤若干吨、存食物若干、料物若干，风雨寒暑度、风向、风差、铁差、汽差、经度、纬度、船向、潮流、里程，皆有日记。七日申报一次。

船上日记要求详尽

二十日　早阴雨，午晴。早二九六七，晚三零一六。凉，早六二，晚六三。

下午，运汽机起锚不动，益以汽，而机轮之齿折如指许。测水深十三拓。

经、来两舰之制：船身水线处通长八十二迈当，宽十二迈当，中舱至底深五迈当五，中吃水四迈当，后吃水五迈当；钢甲自上至水线下一尺厚九寸五分，自此递减至末厚五寸，前后横壁及炮台厚八寸，令台壁厚六寸，首尾穹面甲厚七十五密里，炮堡甲厚四十密里，即九寸半。速率十五海里又四之一，马力三千四百匹。压水全重二千九百吨，装煤二百吨，可装煤之地三百二十五吨。双层底相距一迈当。

“经远”“来远”构造性能

13,7,20

船首上装克虏伯二十一生的大炮二尊，船傍后膛三十四寸径大炮二尊，临敌四炮可同时同路开放。此外小炮尚多，桅设机器炮一尊；鱼雷四尾，分前后置之。船主在令台，可由传语筒与通船执事人说话，并可用电线同时发四大炮。电光巡灯可照二十海里。 武器装备

致、靖两舰之制：船身通长三百六十七尺，宽三十八尺，深二十一尺，前吃水十四尺，后吃水十六尺。穹面钢甲每尺重十五斤，机器舱以下每尺重十七斤半，中间水线上下每尺重二十斤，两头者每尺十七斤半。令台壁及炮罩皆钢甲，厚三寸。速率十八海里，马力三千五百匹。压水全重二千三百吨，装煤二百四十吨，可装之处三百五十吨，双层底。 "致远" "靖远"

船首克虏伯二十一生的大炮二尊，船尾大炮一尊，皆以水力机旋运。船傍后膛六寸口径炮二尊，又六磅弹急放炮八尊，格林急放炮六尊，前后桅各设机器炮一尊。又有鱼雷四尾，一由船首，一由船尾，二存舱口。机器及各种器具，皆用极新式样。船主在令台，可由传语筒与通船执事人说话，并可同时用电线发五大炮。电光巡灯可照二十海里。 克虏伯大炮

二十一日　丙子，白露节。风微，早三零四四，晚三零四六。温，早七十，晚六十。

辰刻起锚，力猛而链断，约计二十丈。派学生驾舢板寻锚，下午在海底捞获铁坠径一尺五六寸者二个，形如盘，乃施放水雷所用也。 按时起锚力猛链断

〔各国铁甲师船考略〕

各国军舰数量统计

查光绪七年铁甲兵船之数，英国五十五，俄国二十九，土国二十四，和国十七，奥国十四，德国十二，瑞典、挪威国八，日斯巴尼亚七，丹国六，葡萄牙一，希腊则国最小，亦有三，法国未详。

就许星使所考，光绪十二年共有兵船一百七十，雷艇不在内，铁甲之数未分。义国十六中，有两艘为地球各国之冠焉。当义国之造铁甲船也，美人嫉之，求驾乎其上。

美国日求驾乎其上

爰造巨舰一，计长四十丈、阔八丈，能容一万三千吨，机器马力一万匹，每小时行十六海里云。同时，俄国铁甲虽二十九，而兵轮总数实二百馀。是年议增九十五艘，限分二十年告成。今屈指已六年，当已增三十艘矣。

意大利扼水师之要

然义国实能扼水师之要者也。往岁游克虏伯厂，见巨炮二尊，讶而问之，答曰：此义国造也。计重百十五吨。问安用，曰：用于船。问：船若何？曰：钢甲，厚十九寸。问：若干艘。曰：一。因诘之曰：英国造十八寸厚钢甲船六艘，皆载百十吨巨炮二，义止一艘，是能操胜算乎？答曰：然。能胜其一，即能胜其六，且胜其百，得非操必胜之算耶？是义国实扼水师之要者也。今查本年之水师书，则美国、秘国、智国、阿掌丁国、巴西国、日本国，皆有铁甲兵船，则海外之有铁甲船者，计凡二十国云。

英国海防费用

查光绪十三年正月，英国估计水师值英金三十九兆二十八万三千镑，计开：备调新船，值英金二十六兆二十三

13,7,21

万七千镑；中号兵船、雷船、炮船、运船，值英金六兆六十四万四千镑；鱼雷小汽船，值英金一兆五十万镑；小兵船、引水船，值英金二十四万六千镑；平底船、练船，值英金三十万零七镑；旧船待卖，值英金四兆三十五万九千镑。总结值英金三十九兆二十八万三千镑，岁耗则计需英金一兆八十万零三千镑。

本年开造之船计三十七艘，有二十六艘于本年内可以造成，前年单开各船，止有九艘尚未动工。至本年定造各船，则铁甲船二艘，一小时行二十海里；钢甲船三艘，一小时行二十海里又四分之三；单桅船六艘，蚊子船一艘，共计十二艘云。 英国当年定造各船

二十二日　晴。风小，早三零二零，晚三零一四。温，早七十，晚六八。

早，舢板学生又获铁坠一。下午，复测准下锚度分，掏寻两时许，知锚勾在沉船朽木之上。刻即派水手乘小艇携食物，在锚断处守夜。

午刻，游南岛。先至南水榭，乘明轮渡船登岸。进栈门，则左为火轮车铁道，直通岛南；右为电气车铁道，可至岛之中央市口。遂登电气车，约三分时抵市口。马车争迎，遂乘之，游岛之中央一周。以天时过晚，至消寒宫外而返。林木荫翳，居民甚少，而房屋则皆作园亭式，乃爵绅及水师官所居也。盖入冬英君主幸消寒宫时，爵绅咸集，水师官则半家于此。故市中百物皆备，所售尽上等精美之品。然英君主临幸，亦无定时。本月初五日，英君主 游南岛 英君主从温莎宫来

从温则宫来，轮舟飞渡，各国兵船鸣炮二十一响，我致、靖两舰时亦鸣炮申意焉。提督琅威理亦家于此。

游竟，至车栈对面大客寓之临街楼上晚饭待渡，又赴店肆购南岛各景印图，仍乘电气车，登渡船回南水榭。适“靖远”小轮艇送琅总理回家，遂乘之还船。

二十三日　晴。风小，早二九九四，晚三零一六。温，早七十，晚八十。

潜水缚锚不得

早，琅总理雇泅水人携入水衣盔来，即令至水底缚锚，仍不得起。下午，又加铁绳两条于锚勾，仍派舢艇守锚。

观会操

早，登岸访地图局不得。见兵队分道而来，往操场会操，遂由捷径往观。自巳初十分时起，至巳正止，凡来步队七队，马队两队，炮队两队，约二千馀名。操场自西至东约十里。各队蝉联而来，至此改为两排，向东而去。马队、炮队至此，皆下马作团形。时届十点半，乃上马排队，捷驰向东而去。别无他长，惟操者观者皆穆默无声息为可取耳。遂与同船诸君遍看各肆，在南水榭后身咖啡馆吞面包四片、乳汁一杯，倩薛骏卿译说新闻纸，时申刻矣。

观地图局

复往寻地图局。路遇一兵，询之，导至其门。阍人招一人伴至刷印处，见镌刊图板者、修补者、刷印者皆兵士也，号衣皆挂房外壁间。曲折周历，日已近酉，遂出。乘小轮艇回船。

二十四日　晴。风小，早二九九六，晚二九九二。凉，早六八，晚五八。

13,7,24

早，巳初，泅水人来，下视铁绳系牢，即鼓汽运机。巳正，锚起，铁链仍在。

考一百十年前，美人自主之事起，法兰西、和兰及日斯巴尼亚皆许之，英遂与三国为仇。法、日两军围直布罗陀，并攻英之属地，兵事几及八年。有大船载兵约千人，自直布罗陀回国领饷。是日，水师眷属均到船守候放饷，载重船沉，皆没于水，未得起。我船下锚，适中其船，勾于朽木之上，是以运机力猛，致伤铁轮之齿。若非泅水人入水底，缚铁丝绳于锚钩，双绳俱曳，竟不得起。若非管驾诸君预先测准下锚度分，无从掏获。竟不料我水师测量，能如此之精确也！ 美国独立战争时之沉船

船中私议，明日可以起碇。下午，琅总理悬旗传令：明日早开。

二十五日　庚辰，晴。西北风微，午稍息，早二九七八，晚二九八五。凉，早五八，晚五七。

寅初起火，预备起碇。午刻，总理旗传，未初起碇，未正开行。“靖远”、“经远”为一队，“致远”、“来远”为一队，鱼雷艇则责“来远”拖之。成单鱼贯阵，出抱士穆德海口向南行。申正，改双雁行阵，前后相距二百码，两队相去一百码，向西南行。酉初，过加他令山角。船行宕漾，浪花溅入舱面。 启程回国

头桅之前，后桅之后，各设罗经，所以验铁差、气差也。盛以铜筒，左右缀二铁球，使其气力均匀。内分三十二向，以铜丝编作经线，而盛罗经于其中。因满船皆有铁 船上的罗盘

气，针度因之有差；今以铜间之，使其气不得混淆，差度因之以准。按四小时一次，昼测日光，夜测星光，以核罗经差度。别为一纸，以便行舟考验。此盖极新之法云。

二十六日　晴。西北风大，早二九九九，晚三零一二。凉，早五七，晚六二。气差偏西二十度。

大西洋极深之处

船向西南行。法国之西，必司沟洋面为大西洋极深之处。水光接天，惊涛拍台。一小时行十一海里。午正，行二百零二半海里，英西四度四十五分，纬北四十八度五十四分。

巳刻，操。午后，站炮位。督船传令：改单雁行阵。少顷，传令打慢车。顷之，传令打快车。顷之，传令改波纹阵。旗询：一小时用煤若干？顷之又询：四小时用煤若干？顷之又询：存汽若干？酉初，传令速备子药。凡行阵参差错落，必诘责；答词迟缓，必诘责。欣见总理军令之严，立法之密焉。

船上仪表

船中度时有表，风雨有表，燥湿有表，寒暑有表，按时登记，必详必明。即炉中热度若干，锅中热度若干，汽积若干，轮转若干，莫不有表，可以一望而知，按时登记。更有计里表者，乃近年新式也，置于舵后，以验船行里程。表如常式，内有轴轮，外接以绳，长二十拓，绳尾缀一铜管，上宽下锐，空其端，内用三叶直轴，以绳缀轴头拖于水中。船行水激，水激而叶转，叶转而绳紧，绳紧而表之轴亦转。积若干转为轮一周，适如一海里之数。航海之船，向用绳牵三角板验沙漏，以测迟速，得此表后，

13,7,27

更可较量入微矣。

二十七日　晴。西南风微，早三零一一，晚三零一一。温，早六六，晚六四。铁差偏东三度，气差偏西十九度。

船向西南行。酉初，过必斯沟，见日斯巴尼亚国西北山色。午正，行大西洋二百二十四海里，英西八度零二分，纬北四十五度三十七分。 近西班牙

丑初，忽闻人声急起，知汽力舵机失灵。幸备有人力舵机，立即改用之。寅初，将舵机接笋修好。酉初，又不灵。乃查舵机水门，与炮机水门相近，是日演炮后，将闭炮机水门，误闭舵机水门。机器新式，人手生疏，致有此失。午后，船首鱼雷舱有水，查系热气管有损，致汽水滴出，立即修整。 机器时出故障

〔记水师官支更〕船行大洋，昼夜不得息。二副、三副分两时为一班，在望台支更，全船皆其责也。管驾、大副则随时调度，稽察各务焉。支更官手执远镜，近测山岛，远测日光，夜测恒星，以端趋向。或涨力过猛，行或趋前；或汽力少弱，行或落后；督船诘责随之。故支更官随时加减轮转之数，俾与各船步亦步趋亦趋，不致失伍。督船传令改阵，立即拨舵转向，虽烈日暴雨，不能规避，且刻无暇晷焉。 支更官责任重大

其最辛苦者，莫如子正至寅正两时也。其时全船执事，皆已酣睡，仅中后段支更水勇各一名、船首水手四名、旗手二名、舵工二名而已。如前日西北风，至夜半狂

飙更甚，冷如严冬，势幾推壁。支更执事，或有就炮位左右，暂避风头者，而支更官独立望台，以左右望，渴无饮，寒无衣。倘督船灯号一明，立即遵照传令，虽浪大拍身，不容少缓。受代者至，始得下望台，入舵舱，按照现行经纬度数，在海图注一小码，方敢入私室，啖饼干数枚，袱被僵卧。船中息火，例于亥初。船主之俭者，晚炊罢即已息火，此时索温水润喉不可得也。故子正至寅正之支更，最为辛苦焉。

子夜值更最为辛苦

二十八日　晴。西南风，早三零一六，晚三零一三。温，早六八，晚六七。铁差偏东四度，气差偏西十九度三十分。船向南行。午正，行大西洋二百十三海里，英西九度五十一分，纬北四十二度。

又出故障

午后，舵不灵，查知汽管脱，急改人力舵。而“来远”先行，约三十五分时始成阵，机器亦修好。总理责用人力舵。

晚，偕巡查官刘东山谈光绪十年九月十九日朝鲜事，甚详。

水师阵法

连日与水师诸君讨论阵式，而知北洋水师阵法变化，已有七十馀式。

〔记其大略如左〕单行双行鱼贯阵；一字双叠雁行阵；雁行小队阵；鱼贯小队阵；鹰扬双翼单翼阵；燕剪阵；虾须阵；蛇蜕阵；互易阵；犄角阵；丛队阵；波纹阵。

直行衔尾而进者为鱼贯，鱼贯有单行、双行、三行之

13,7,28

分。横排连樯而进者，为雁行阵，雁行有一字、双叠、三叠之用。张翼向前、督船在后如包抄者，为虾须阵。主船先行、分左右次第前进者，为燕剪阵。虾须、燕剪分而为二，依次斜排者，则为鹰扬阵。间队前行，更番迭进，则为蛇蜕阵。此外，又有众船群攻一船者为丛队阵，一纵一横者为犄角阵，左攻其前、右攻其后者为互易阵，一进一退者为波纹阵。种种变化，神妙不穷。大都左旋几字，右旋几字，预编号旗，旗起即旋，变化真不可测也。凡一军分二队，二队分四哨，皆同陆军阵法。陆军占地少，水师占地宽。直距若干、斜距若干、横距若干，皆听督船调度。故必韬略素谙，胸有成算，方克胜任。各船尤宜让出前、后、左、右炮路，若不操演纯熟，将何以制胜哉？

种种变化神妙不穷

二十九日　晴。南风微，早三零一六，晚三零一九。温，早六二，晚六七。铁差偏东二度，气差偏西十九度。船向南行。

辰初，管驾请用汽机舵，总理允之。辰正，传令四船鱼贯阵行，因将至葡萄牙国力士本会城外海口也。未几，见小艇十馀艘出没波涛间，帆樯长于艇四之一，皆捕鱼于海者。海口之北，有山甚高，名路客山。

力士本（里斯本）

午正，行大西洋二百二十七海里，英西九度二十八分，纬北三十八度十分。下午，见无帆小艇十馀，每艇皆八九人，在海捕鱼。

是日，终日见山，近者不过三数里。山皆童秃，遥见内山有草木状。申正，过色威城山。入夜，南行稍东，知将近葡萄牙境矣。是晚放火号。

船向东行

八月初一日　乙未，晴。早东南风，午无风；早三零一八，晚三零二零。温燥，早七二，晚七四。气差偏西十八度。船向东行。

早起，两面皆山，山高蓄风。左见帆樯甚繁。

单鱼贯进直布罗陀

午正，行大西洋二百二十九海里，英西五度四十八分，纬北三十五度五十六分。又行二十五海里。未刻，单鱼贯阵进直布罗陀口，鸣炮二十一响，寄碇吉的阿娄巨浸中。

戌初，试电灯，直岛满山如昼，房屋清显。戌正，登岸游市肆一周。街道清洁，户口不多。入一咖啡馆小息。亥初回船。

海上演习如臂使指

自二十五日起，行大西洋凡六日。虽于靖、经、来三舰之情形不能确悉，然皆按律徐行，各船执事惟谨。间因机器新式，非所素习，偶有错误，总理诘责随之不少贷。终日间变阵必数次，或直距数十百码，或横距数十百码，或斜距数十百码。时或操火险，时或操水险，时或作备攻状，时或作攻敌计。皆悬旗传令，莫不踊跃奋发，无错杂张皇状。不特各船将士如臂使指，抑且同阵各船亦如心之使臂焉。

初二日　晴。无风，早三零二二，晚三三二零。温，早七八，晚七九。是日休息，下午兵勇放假四之一。

与邓世昌讨论时事

午餐时，偕邓参戎及文案司事纵谈时事。西班牙有地不能守，既失不能复，坐视地中海形势为英人所据。今边

13,8,2

界在望，人烟寥落，盍往观之？于是同乘小艇，循堤向北登岸。进堡门，雇亭子车绕堤内驰三里许，出堡门，则为瓯脱地。堡外林木森荫，林外排木栅，栅门之外，木房二。有英兵二名，执枪左右立。及日斯巴尼亚界，亦列木栅一道，栅外木房左右列，有西兵二名，执枪徘徊焉。入门，有询者，答以英语，复絮絮不休，叱之，遂冥然遁去。过兵房一所，门外坐兵八人，见来车，切切耳语。参戎持名片与之，无人答应，亦无人询问。遂驱车曲折一周，约十馀里。民房半皆新造，市廛略如井字而不整齐，街衢则皆新砌石而不平洁。既至故处，即出栅门。举目则峰头炮窟如蜂窝，堤上炮车如鸟集，咄咄逼人，不可向迩。回视西界，栅外之兵已不知何往，而英兵兀立，仍如木偶也。既可觇强弱之势，亦可见盛衰之幾焉。

英兵持枪站岗

考直布罗陀岛，东削而西平，北、东、南三面皆地中海，西临吉的厄娄巨浸，扼地中海西口，为日斯巴尼亚东南边境，地距阿洲之摩洛哥北岸止九海里。北之最高峰，距水面一千三百七十一英尺。山之中腰东西五英里，英人沿山麓建炮堡，平山坡设炮台，凿山腹成炮穴，就山高下回环，筑坚石成炮堤。遍列巨炮，铁弹戎丛，如临大敌状。堤内作甬道通往还，隘口设门陆通街市，水通吉的阿娄巨浸。堤外，船厂一，在山之西麓；军火厂一，在北峰之下。筑石矶以绕之，石矶之内，即堡门也；石矶之北，即瓯脱地。然由水不能登瓯脱地也，必绕矶内，始得由堡门而进。进堡门，绕堤向东北，再向西下坡，始得出栅

直布罗陀遍列巨炮

门。堤内居民千馀户，列肆用物皆备，水师所需咸集，粮饷军火足三年之用，英设巡抚治之。陆兵之额，未知其详，就大势观之，非二千人不敷分布也。水师则有英之二世子丁保耳公提督焉，时驻毛尔塔岛未在署。

英设巡抚治之

考之西人杂纪，言英人得此岛，日人争之，兵交几及百年。西历一千七百七十年，英、日战于地中海。一千七百七十五年，日人、法人攻直岛，围之三年，及八十三年始和。嗣后，法王拿破仑第一称霸欧洲，日人国事多艰，因之不振，今则降为二等国矣。英人于北峰建望台，南峰建灯塔，东、西航海者，皆寓目而警心焉，曰此诚扼险之区也。

英西法争直布罗陀

初三日　晴。早三零二二，晚三零二二。温，早七四，晚六二。

辰初，山上鸣炮二十一响，答我也。前日船到已晚，昨为休息日，故于今日答礼焉。巳初，至“靖远”。琅总理订未刻往拜巡抚，并出知照，令学生分两班登岸游历炮台。

学生登岸游历炮台

未刻，复至“靖远”，遂偕琅总理并四船管驾登岸，乘马车往拜英巡抚。及门，中军持片前导登楼，主人迎于内门。执手叙礼，坐谈二十分时辞。回至码头，有英国电线船泊焉。琅总理导登其船，上下周历，见新式电器多种。下层别为一舱，口圆如井，中储海线若干。云明早即开往西印度修理电线也。酉初回船。戌初，琅总理订“靖远”晚饭，同席四管驾及翻译英人夏立士，亥正散。

英电线船

13,8,3

是日，巡查官刘东山自日境回，云遇广东人，称在此佣工已满年，无资斧回家，哀泣求援手。询其在此华人共若干，答称此间近地五十馀人，年满者约十馀人云。

无钱回国华工乞援

考巨浸名吉迭阿娄，南北八海旦，东西六海里。东即支岛，西为日国边境，山北即瓯脱地。地广二海里，纵倍之，一海颈之洲也，水涨即不通往来。而北岸绿树荒村，渔舟数点，别饶风景，即日国边地也。南即地中海，凡东西往来之船，必于此少息焉。

初四日　早雨。西北风小，早二九九零，晚北风大，二九八零。温，早七二，晚六八。

早，有广东人八名在堡门外候华官，叩首求援。邓营务处当向英巡捕官云："此等人佣工已满年否？有无头人管束？"巡捕云："皆已满工，无人管束。如肯援手，可携之回国，亦仁者之事也。"因向广东人云："下午来舟候信。"即与各管驾商明，复至日境大铺问明缘由，允带八人回国。命下午来船，帮同作工。

邓世昌带华工回国

午后，偕同舟诸君登岸阅炮台。时风浪甚猛，棹舟从北码头入。行至南堡门，遇夏立士，知失迨，遂导行约二里许，别去。进巷口，见钟楼巍峙山腰，由折而上，有亭翼然。至亭少息，循径绕至前面。门启，有英兵官出，取视凭条，即导之入。向上皆山道，乃用棉药轰成，凿之使平。道宽七尺，外则用碎石累砌为墙，内则凿沟泄水。纡徐五六里，进一山洞，初尚有光，向东一转，即暝黑；再向北转，即露三炮窟，皆高广丈许，深倍之。炮虽旧式，

登岛观炮台

口径七寸，整洁如新。又转一洞，则炮窟竟如夹室，山洞竟如复道，计列炮八门。复黑行里许，又得八窟。再行不数武，得一门。出即一磴，广可五六丈，下临地中海，乃北峰东面也。循磴侧上升，则兵房两区，外环巨炮如田鸡，弹积如土阜。再上，又得十七窟炮，皆旧式。再上，则峰顶之炮堡也。望台之上，有长杆悬望旗焉。

外环巨炮如田鸡

考其工程，则自下而上，分年始成。凿山则役犯人，轰山则用棉药。窟皆西北向，窟口径二尺许。炮口皆径尺馀，傍积开花弹，用具悉备。

循途而返，与兵官细谈。云山顶尚有三十七窟，又有窟成而未备炮者二百馀穴。全岛大小炮位三百八十尊，而峰顶之炮二尊，口径十三寸者，及远二千八百码；堤下之巨炮二尊，则重计一百吨，备攻坚甲巨舰也。支岛炮窟，称于欧洲，今幸亲历焉。山麓之炮堡，备攻近也；山顶之炮窟，备攻远也；山坡之露炮台，所以补炮堡、炮窟之不及，而弥缝其缺也。思弥周而备弥密矣！

支岛炮窟称于欧洲

窃尝见阿模士庄厂制有巨炮一百一十吨者矣，又见克虏伯厂制有巨炮一百十五吨者矣，又尝闻各国智士谋制更巨更远矣。今炮堡半藏于地，炮窟皆穴于山，似乎无可指摘。而见者尚多议之，谓炮堡之上，莫非石与土也，可攻也；谓炮窟之内，厚止一二尺，且攻人之路，即被攻之路也，可攻也；而露炮台更无论矣。况今日之炮，巨至二十馀万斤，远至四五十里，何远之勿及，何坚之不摧哉！故先王耀德，不观兵。

13,8,4

戌初回船，仍由北码头登舢板。时风浪甚猛，衣袂皆湿。幸邓参戎把舵，斜迎涛头，绕至船侧。登船后，见水手之衣皆滴水，少一不慎，即有倾覆之患矣。

幸邓参戎把舵

初五日　晴。北风小，早二九八零。戌刻雨，晚二九八零。温，早七十，晚六九。

早，督船旗语：今日不开，放兵勇假，准四之一上岸。下午，有奥国兵船进口，鸣炮下碇。“致远”代副事薛振声支更，衣冠持管驾名片，乘舢艇往拜其船主，水师之通理也。

途遇兵船两相拜访

凡水师停泊之所，分船值日，悬认旗于桅。有船进口，值日官先往拜会，询其途中安否，从何来，往何所。至船容若干，汽力若干，速率若干，炮若何，兵若干，船主何名何官，每年皆有成书，水师官应早知之，不待问也。来船之官大于我船，则船主自往，来船则遣大副答拜。小于我船之官，则大副往，船主自来答拜。应船主往而有故，则大副往；大副有故，则二副往；到船先申明代拜之故。今奥船为二等提督，薛振声代理二副，适管驾至督船听令，大副请假，故往焉。至督船回话后，即返。知该船由南墨洲来，往意大利码头，途中备受大风浪云。往拜答拜，虽云水师通礼，实侦探之诡道也。

实侦探之诡道也

学生之在船学习者，皆才技已成者也，分班随同治事。如在望台驾驶，苍海茫茫，水天一色。凡有船来，遥见一桅，即报有船来；得见旗，即报某国船；既见几桅、几烟筒，即报某国几等船；见旗式，则报某国、某某船、几等某官某人。该管官若考之，则询兵若干，炮若何，速率若干，容积若干，我炮能攻否，我速率能及否，我船能受来船之炮否，应距若干码开炮，应距若干码备来船之炮，我船速率不及，炮力不及应如何预备。学生应照书中所纪、平日所知者，一一皆答之，而后退不能者罚责。此水师之定程也。

随船学生训练严格

是日下午，广东人二名来“致远”船作工，携之归国也。询其何由来此，则被掠之“猪仔”也（粤人称被骗之人为“猪仔”，掠卖人口之人为贩猪仔），佣工二十馀年矣。询其作工如何，答称苦甚。工满自佣，亦可自给，何以一寒至此？答曰杂费甚重，佣资止敷缴官，是以食不饱，寒无衣。询其有逃走者否？答称有之，然不能逃，佣主以狗监之。佣人若逃，主则挞狗。狗惧，嗅迹跟寻，见则啮衣不释，逃将焉往？呜呼，“猪仔”人而不如狗乎！

“猪仔”人不如狗

忆昔从星使出洋时，路经越南之西，尝游历街市，见有肇帮公所、客帮公所。就询风俗，少通官音者，因与笔谈。答云：华人在此佣工者，广帮约万人，闽帮约二万人，客帮二千馀人，馀须问宏泰昌、招商局。瞬见公所壁间粘贴告白云：“奉六省尚书谕：一号身纸六十五元，加水十三元，用字五角，共七十八元五角；二号身纸二十二元，加水用字共二十六元九角；三号身纸五元五角，加水用字共七元一角；限日缴齐”云云。两公所皆新贴者。又尝见曾侯日记、袁经历祖志《谈瀛录》皆记：法人以

广帮、闽帮、客帮

13,8,5

六项之税税吾民，曰进口税，曰出口税，曰招牌税，曰地基税，曰房屋税，曰身口税。呜呼，身纸之费即身口之税也！苛政猛于虎，往者不加少，是诚何心哉！然犹自投罗网也。若“猪仔”则被骗卖身，日人而税其主犹可说也，税其佣则苛矣。佣满自佣，仍厚税之，使失生计，仁政固如斯乎？ 身纸之费

初六日　晴。早二九八九，晚三零零四。暑，早七四，晚六七。

早传令：辰正起碇。辰正传令：起锚链。巳正传令：起锚开行，成双雁行阵。炮台鸣炮二十一响，送行。有美国兵轮自北而来，遇诸港口，美船绕西而南，避吾阵也。既遇，下旗。我军各船，皆答旗而过。未几，美船鸣炮二十一响，岸上答炮如之。一时间山鸣谷应，旌旆飞扬。午初，我船改单鱼贯阵向东行。 遇美国兵轮

午正，行地中海十二海里，英西五度一一分，纬北三十六度七分。

初七日　辛卯秋分。早阴，辰正雨，东南风，三零一二。未正晴，晚三零一二。暑，早晚六七。铁差偏东二度，气差偏西十七度。船向东行。午正，行地中海二百三十一海里又半，英西二十八分，纬北三十六度二十九分。 行地中海

是日，寅正过阿达山角，亥初过地南士灯塔。

初八日　早阴，巳晴，三零一零，午东风，晚东风大，三零一零。暑，早七八，晚七七。铁差偏东一度，气差偏西十五度。午正，行地中海二百十六海里，英西三度

五十六分，纬北三十七度八分。

船向东行，巳初过霭奇士山角。是晚，浪大船宕。

〔五洲各国水师旗制照译如左〕

英国水师旗制

英吉利国师船，认旗凡五，皆白质红十字。头等统领方式；二等统领方式，左角红圆星一；三等统领方式，左角红圆星二；营务处大鱼尾式；船主小鱼尾式。

法国水师旗制

法兰西国师船，认旗凡五，皆直拼蓝、白、红三色质。头等统领方式，左角横斜十字；二等统领方式，左角五芒白星三；三等统领方式，左角五芒白星二；营务处大鱼尾式；船主尖角式。

德国水师旗制

德意志共主国师船，认旗凡四，皆白质黑白双钩黑十字。头等统领方式；二等统领方式，左角黑圆星一；三等统领方式，左半上下黑圆星各一；营务处同船主横长鱼尾式。

奥匈水师旗制

奥斯马加国师船，认旗凡四，皆中白、上下红二色质，中绘宝星，星腹内如旗式。统领方式，周镶黄黑三角交牙边；统属文武大员方式，左角中黄、上下黑二色；营务处大鱼尾式；船主小鱼尾式。

意大利水师旗制

义大利国师船，认旗凡五，皆直拼蓝、白、红三色质，中绘宝星，星腹内红质白十字。头等统领方式，左角五芒白星三；二等统领方式，左角五芒白星二；三等统领方式，左角五芒白星一；营务处大鱼尾式；船主红质白十字，长尖式。

西班牙水师旗制

日斯巴尼亚国师船，认旗凡四，皆中广黄、上下红二

13,8,8

色质，中绘宝星。头等统领方式；二等统领方式，上加小斜角黄旗；营务处大鱼尾式；船主黄心红边，中绘宝星，尖式。

葡萄牙国师船，认旗凡二，直拼蓝、白二色质。统领方式，中绘金冠；营务处尖式。 葡萄牙水师旗制

俄罗斯国师船，认旗凡五，皆白质、蓝斜十字。头等统领方式；二等统领方式，下加蓝横一道；三等统领方式，下加红横一道；又有加接蓝红成三色长鱼尾式者，又有全蓝尖式者，未详其用。 俄罗斯水师旗制

丹麦国师船，认旗凡三，皆红质白十字。二等统领大鱼尾式，左角白十字宝星一；三等统领大鱼尾式，左角白十字宝星二；营务处小横长鱼尾式。 丹麦水师旗制

瑞典国师船，认旗凡三。统领横长三尖式，蓝质黄十字，左上角小十字白镶蓝直、黄横，复以蓝红二色斜填四小方，左下角五芒白星三；营务处横拼蓝黄二质，鱼尾式，左角小十字如统领旗；船主尖式，尖用蓝、黄二色质，左半十字如统领旗。 瑞典水师旗制

挪威国师船，认旗凡三。统领横长三尖式，红质，白镶蓝十字，左上角小十字，左下角五芒白星三，同瑞典；营务处大鱼尾式，红质，中横白镶蓝一道，左上角小十字同瑞典；船主尖式，红质，尖横白镶蓝一道，左半十字同瑞典。 挪威水师旗制

和兰国师船，认旗凡三，皆横拼红、白、蓝三色质。统领方式，头等船主大鱼尾式，二等船主小鱼尾式。 荷兰水师旗制

美国水师旗制

美利坚合众国师船，认旗凡九。蓝质者五：统领方式，头等五芒白星四；二等星三；三等星二；营务处鱼尾式，星一；船主尖式。又红质方旗，五芒白星二；红质鱼尾旗，五芒白星一。又白质方旗，五芒蓝星二；白质鱼尾旗，五芒白星一——未详其用。

巴西水师旗制

巴西国师船，认旗凡二，皆蓝质。纵横五芒白星，形如十字，凡九。统领方式，营务处尖式。

秘鲁水师旗制

秘鲁国师船，认旗凡二，皆中央白，左右红质，绘宝星。统领方式，营务处鱼尾式。

智利水师旗制

智利国师船，认旗凡三，皆蓝质，五芒白星一。统领方式，营务处鱼尾式，船主长尖式。

日本水师旗制

日本国师船，认旗凡五。白质红心红边者三：头等统领方式；二等统领方式，左角缀小红星一；三等统领方式，左角缀小红星二。白质红心者二：营务处大鱼尾式，船主小鱼尾式。

土耳其水师旗制

土尔其国师船，认旗凡二，皆红质，一钩月，八芒星白色。统领方式，营务处鱼尾式。

比利时国、阿真定国闻亦有师船，旗式无考。

初九日　早晴，巳刻阴，二九八八，午东北风，晴。晚东南风，二九八二。暑，早七六，晚七七。铁差偏东三度，气差偏西十三度三十分。午正，地中海二百五十八海里，英东八度五十三分，纬北三十七度十三分。

鱼雷艇不耐大风浪

鱼雷艇行地中海，浪激船摇，十分危险。未刻，鱼雷艇铁缆断，停轮。“来远”放舢板往视，四船纵横海洋，

13,8,9

盘旋不定。申初，缆接好。鱼雷艇被浪冲激，忽没忽见，轮转迅速，恐不能任受。于是四船各减轮转之数，按阵徐行。 浪激船摇 按阵徐行

初十日　丑刻雷雹，寅刻雨，巳刻晴。早二九七四，午东南风，夜风小而雨，二九七九。热，早八一，晚七七。铁差偏东二度，气差偏西十二度。船向东行。午正，行地中海一百六十三海里，英东十二度三十分，纬北三十六度五十四分。

未正，过班山角。是日风浪大，船宕甚。鱼雷艇出没波涛间，危险可惧，浪大之时，止见桅顶。亥刻，风少息而浪少平。 危险可惧

十一日　卯刻雨雹，巳刻晴，二九七四，午西南风平，二九八一。热，早八三，晚七二。铁差偏东二度，气差偏西十度。午正，行地中海一百六十一海里，英东十六度一分，纬北三十五度四十分。

丑正，至毛尔塔湾。时正有疫，未可泊岸。寅正过完。戌初，“靖远”忽落后，“致远”转舵回觅之，知鱼雷艇又断缆。半时许，仍振队前行。风小而浪涌，船行宕甚。 毛尔塔（马耳他）

按毛尔塔或作马耳他，居地中海之中，北为义大利之西西里岛，南即阿洲之突尼斯国。英人西扼直布罗陀，东扼居比路岛，而以毛尔塔为地中海之中坚，于是东西七千里之全局遂为英人键制。惜未得至居比路、毛尔塔一游，为恨耳。 英人控制地中海

十二日　早晴，午雨，西南风微，二九九二。亥刻晴，三零零四。暑，早八二，晚少爽，七九。铁差偏东二度，气差偏西九度。午正，行地中海一百六十九海里，英东十九度三十二分，纬北三十五度五分。

早，见鱼雷艇生火自驶；辰刻，仍由“来远”拖带，停九十分。早起，天暑浪涌，搭盖凉篷；午刻雨，仍卷撤。

十三日　晴。午，南风小，三零零九。晚，东南风微，三零一八。暑，早八二，晚七九。铁差偏东二度，气差偏西八度。午正，行地中海一百八十海里，英东二十三度十一分，纬北三十四度三分。

船上总理　辰初，盖中、后凉篷。总理诘问半时用煤若干、两时用煤若干之数，即报；又命加汽力，因船落后五码故也。辰正，烟筒有火，因添煤过多，致腾烟焰。邓参戎令开火门，塞灰洞，立止，并令卷撤凉篷。午后，偕薛骏卿考究梅克绥曼差度各说，并证试验之理。

十四日　早，东南风，三零一八，晚三零二零。暑，早八十，晚七八。午正，行地中海二百三十四海里，英东二十七度三十二分，纬北三十二度五十四分。船向东偏南行。

中秋节　十五日　已亥，中秋令节。晴。东风微，三零零三，晚三零零九。暑，早七八，晚七四。

午正，过尼耳江口灯塔。未正，改单鱼贯阵；未几，泊塞得港　停轮候引水人来。申初，进口抵波寨下碇，埃及国境也。

13,8,15

有西班牙国兵船大副至“靖远”拜会。土尔其国关务官来，执有一单，内开：何国，何船，何处来，何处去，长若干，宽若干，深若干，吃水若干，吨位若干，炮若干，官员若干，水手兵丁若干，货物若干。照单一一填给持去，四船皆然。

戌正，偕邓参戎登岸，晤各船管驾。至上年曾到之咖啡“上当”（法人名茶酒馆曰“上当”）小坐，仍有女童一班奏乐台上，男女歌唱、小戏，皆奥国人也。遂游街市，两面杂货小铺为多；沿河有银行，书信电报馆公司，船行，英法洋行数家。步月一周回船。 咖啡“上当”

昨，琅总理旗令：凡有采买，概由渠一手经理。盖欲整齐食物之例，使各船一律也。本日饭菜，至晚不至。邓参戎令厨夫于明日治馔，补庆中秋。

查波寨俗名钵，昔埃及境。埃及久为土尔其属国，凡国政、税务，皆派员理之，非如我朝之朝鲜等属国，仅备朝贡已也。近年又认英人保护，已经立约，税务仍土尔其独持之。

十六日　晴，早三零零四，东风微；晚三零零四。暑，早七九，晚七四。

早，督船令采办商人送牛羊肉、水果来。登岸，至街市各铺闲玩。见埃及境内古近各景摄影片多种，检著名者购之。午刻还船。申刻，又往购波寨各景摄影片。晚，总理邀晚膳，未赴，因本船有中秋宴也。 购买埃及风景图片

是日，添募黑人十六名，分派各船升火。因红海炎热

异常，黑人久居赤道，能耐炎热，庶可令华人少得休息也。

过河纳税

闻进河税则，向例按吨位人口输纳公司。每吨十佛郎，每人十佛郎，兵船则例得减成。近三年内改为九佛郎又半，兵船则再递减。我致、靖两舰，除人口、杂物不计，实重二千三百吨，照例除扣机器、锅炉，议纳六百吨，每吨九佛郎半，人则免纳。

十七日　晴，午三零零零，晚三零零四。热，早八三，晚七八。晚，热不能寐。登岸，遇各船管驾。知“来远”船有二勇病故，皆患腿肿，不数日上攻于心，本日申、酉间相继而毙。闻尚有病者六名。

“来远”号二勇病故

〔记苏以士河道公司章程〕

河道公司章程

新河水之至深者二十七英尺，至浅者二十五英尺，故定例：船吃水至二十四尺九寸以外者，不准入河。凡船入河纳税后，公司派引水人来导之入河。

滨河设局，以司船只往来，名曰司泰盛。立高杆、悬旗球为耳目焉。斜角蓝旗兼黑球者，前进也；兼二球者，停泊也；兼三球者，慢行也。船自北而南，球在上；船自南而北，球在下，斜角黑旗；有船搁浅，则悬空球于顶；船浅可行，则悬空球于中。

导航信号

斜角黑旗一，白质黑斜十字方旗一，以示潮汐。潮涨，斜在上、方在下；潮落，方在上、斜在下；长落之初，则悬杆顶；及半则悬于中；涨足，则悬一方旗于顶；落尽，则悬一方旗于下。

13,8,17

方红旗者，前途有船浅搁于中；斜角黑旗，前途浅搁之船已行也。各国官商之船，凡入河者，必听公司引水人号令行止，否则有罚。公司例，夜不行船，轮不疾转。

十八日　晴。早，微风，三零零二，晚同。暑甚，早八二，晚七八。蚊虫甚多。

辰刻，"来远"二勇之柩，登岸寄葬，同群各船下半旗以吊之。同时，英吉利、法兰西、西班牙各国之兵船，下半旗五分时。总理船复升旗、下旗，升旗以谢之，水师通例也。

同群各船下半旗吊二勇

未正，引水人来。申初，起碇开行，驶入新河。"来远"先行，"致远"、"靖远"、"经远"相继而进，鱼雷艇后随。行七海里，入西堤外。河道公司司泰盛杆扯蓝尖旗，下缀二球，遂系船于八十八标之处。

引水人导驶入新河

东望皆湖，西岸平原。新添木标亦在西岸，水中亦增设铁浮。东岸新修，或排木桩，内复以板，或累砌石块，以固堤址焉。

考新河公司分段设局，以司兵行；兼设煤气灯以照夜，自来水以养人，电报、书信以利商旅，水鼓浮标以利船只，木桩、灯塔以明界址，并司修理一切及切岸捞浅诸事宜。

运河两岸之设施

计司泰盛之处：七海里八；十三海里一；十九海里四（司泰盛皆在西岸）；二十四海里六（此在东岸）；二十九海里七；三十五海里；四十三海里（在塔姆萨湖西岸，后有火车栈）；四十六海里；四十九海里七（以上司泰盛

司泰盛（Station）

又在西岸)。自此至五十二海里入小苦水湖，至七十二海里入大苦水湖，两湖水深，可打快车。至七十五海里三又设司泰盛；七十九海里；八十四海里三；八十七海里；出河南口偏向西入苏以士湾，偏北设一司泰盛，兼火车栈。此皆往来客商可见可闻者，计十四处。

灯房、瞭台、挖泥船

此外灯房、瞭台甚多。更有挖泥机船，常川分段疏浚，每一海里插十标，黑地白字，一望了然。铁灯杆、木房俱在东岸，若司泰盛则在西岸，故水筒、汽筒、电杆俱在西岸。水鼓、浮标则黑地白字，西则红黄两色。两岸之上，隔数码钉一巨桩，出土约二尺。土内铁条分三角，用铁犁头钉二角，而以一角钩于木桩埋土中。沙土虽松，较为得劲。凡水回溜之处及淤浅之处，必备有剥重船，船用铁皮裹边，坚实耐用。陡岸塌陷者，随时修砌。

修砌堤身用骡拖车

曾见一带高土冈修砌堤身。有骡拖小车，数之得三十辆，车制如升斗形，上方广二尺五寸，高如之，下削仅一尺五寸左右；有轴可使覆仰，四小轮架之行活铁道，顺冈而下，倾土覆来。二工人驱一车及堤，一人持锸挖土，一人持畚装土，约可容七八方尺，便捷可法。惟工人野玩可厌，骡肩破裂可悯。昔在欧洲，见休息日，马车皆不持鞭。星使云：此其国功令也，休息日凡人皆得休息，牲畜亦应休息，故不准鞭策，违者有罚。

凡人休息牲畜休息

十九日　晴。北风小，早三零零零，晚三零零七。暑，早九一，晚八十。

寅正开行。卯正，雾。十三海里一司泰盛悬旗，即停

13,8,19

泊。辰正一刻，清，复行。巳初，九海里八司泰盛悬旗，知有船来。泊船未几，英公司船过，上有威海卫假归洋员，与船中洋员语。午初开，鱼雷艇先行。午正三刻，九海里七司泰盛悬旗，泊船。申初，过英、法商船各一艘。复行三十海里，两岸陡高。

西初三刻，行抵第四十一海里，进塔姆萨湖。“来远”、鱼雷艇已出湖，“致远”、“靖远”、“经远”三舰下碇宿此。是夜月白沙黄，天青水碧。西北有树成丛，峻宇雕墙高峙林外者，则义此麦尼亚之法国君夫人行馆也。为是河适中之地，人烟丛集，馆傍即第四十三海里司泰盛，馆后即火车栈。昔年出洋，同舟有日本游历大员名谷干城，率从员贵介二十馀人，在此登陆处也。 塔姆萨湖（Timsah）

酉正，引水人去。

考苏以士地居亚阿两洲间，为埃及国境，北界地中海，南界红海，中多潴湖，纵八十二海里，实止陆地三之二。周襄王时，即西历前七百年，埃及尼哥始制海军，欲凿之以通两海，兴工十二月，死者十二万人，遂止。顺治年间，法人瓦琛汉详测其地。近年，法国地师勒色布司创开河议，时人皆窃笑。同治三年议成，集股，以机器挖土。同治十年间，西历一千八百六十九年十一月十一日工竣。计费英金一千六百万磅。榷往来船税偿公司本利。以地属埃及，蠲与股分三之一。告成之日，各国之船曾先试行，其中英船为多。不数年，公司得利。英人以一千二百万磅买埃及股分，今则英人已得全股之半矣。 运河始末原议河身广二百尺，深三十尺；今则河身仅见百二三十尺，深二十五尺。去湖近者坦坡，远者皆高寻丈，多塌陷，疏浚诚不可缓焉。是河为埃及一国必守之隘，即为各国必争之地。河虽幸成，倘疏导稍滞，则淤塞随之；商旅有阻，则经费无出，公司欲常享其利，得乎？

必守之隘必争之地

今闻法地师勒色布司又议在中墨洲开巴拿马海峡，曾由驻英之法公使商我星使，雇募华人助工。答以华人出洋佣工，政由督抚主持，此时未知华人愿与否也。续闻又有人创议别开一河以通大西洋、太平洋，则苏以士或又有人议别开一河未可知也，将拭目以俟之。

议开巴拿马运河

二十日 晴。无风，三零零三，晚三零零零。暑，早八九，晚七九。

卯初，本处引水人登舟，遂起碇行。塔姆萨湖四围平沙，晨光和煦。法行馆外，纛杆高矗，周植观音柳。凭台遥望，风景殊幽。辰初，四十七海里社松地方，司泰盛悬上旗下二球，停轮。遇奥国兵船一艘、法商船一艘、英商船四艘。辰正一刻，开。午正，见“来远”船，“靖远”超之前行。未初，见鱼雷艇泊在口内修理。申刻，出河进苏以士湾。申正，下碇苏以士镇外海湾，作丛队阵，海道狭故也。盖散泊散行，至此已五日矣。

海道狭窄作丛队阵

本地采买商人来船，询需用各物。因波寨总理所购，多牛羊而无鱼肉，多果蓏而无菜蔬，糜费而不实用，故仍由本船采买。土尔其关务官持单来，如波寨故事。亥初，琅总理传令：本提督今日不开。

13,8,20

考阿非利加洲纵六十八度，横七十三度，周二百十六度。自西北直布罗陀向南行，绕好望角而东，至东北亚丁，约计一百八十五度。则苏以士新开河之成，实省海程一万一千一百海里，合三万七千中里。勒色布司之功诚伟矣哉！ 运河省程万馀海里

又考苏以士河曲折八十七海里，每海里分百段，岸上均标号插签，水中则架木于浅处而以签标之。计开凿时由北而南，故北为第一号，南为第八十七号。自第一号起，两岸沙积如山形，犹之内地小河。至二十二号为满萨磊次湖。二十五号又狭。二十七号至三十一号为卑腊小湖。三十七号又狭。至四十一号为塔姆萨大湖，湖旁东为冈不拉，西为日此麦里亚镇。四十四号至四十六号，向偏西，如二小湖，中少狭。四十七号起狭，至五十二号为卑脱，译言小盐湖，又小苦水湖也。七十五号为大盐湖。南口至八十五号为出河，又行二号即海湾。自此至河北口，共八十七海里。今番重来，爰详考之。 全程八十七海里

二十一日　晴。风微，三零零零，晚三零零三。热，早八二，晚八二。

巳初，偕邓参戎至“靖远”，知鱼雷艇因出湖时逆流而上，回溜湍急，致舵有微伤，修需竟日工，酉初方可开行也。回时闲眺，海湾广可十馀里，东望沧沧，水天一色。

海西为苏以士镇，房屋连绵。镇西北有火车栈，为阿洲极东铁道。北为新河口，口外大船坞一，内有挖泥机船

"超勇"曾在此修理

三艘、兵船二艘，在内修理。据同舟云：昔年"超勇"过此，因后摆伤损，在此入坞。南有高山，蜿蜒海滨；山之东北冈下有灯塔一座，乃自红海北来之指迷也。

午刻，有埃及兵头来拜，镇内大兵房鸣炮二十一响，"靖远"答之。

申刻，商人送食物及猪、鸡、蔬菜来。酉正开，鱼贯而行。未几，改双雁行阵。夜半，鱼雷艇缆断；不一刻，修好。

二十二日　丙午，寒露，晴。北风小，早三零零六，晚三零零一。暑，早八二，晚七九。铁差偏东一度，气差偏西五度四十分。午正，行红海北一百三十海里，英东三十五度，纬北二十七度五十八分。

行红海

船向东南行，将及塞拉非地方，鱼贯而行，因此海多礁故也。辰正，改双雁行阵。午后，过士博山，见撞坏商船一艘，有驳船在彼起货。过此为红海北口矣。未刻，鱼雷艇缆又断，"来远"放舢板往修之，未几即行。

二十三日　晴。北风微，早三零零一，晚二九九六。热，早八五，晚八五。气差偏西四度五分。午正，行红海二百海里，英东三十五度四十六分，纬北二十五度十三分。

吃坏肉而致大泻

船向东南行。早，鱼雷艇生火自驶。申正，腹痛不可忍，如厕大泻，汗出如汁；急服如意丹，睡至天明。起理筋骨，霍然矣。盖外国官商轮船，皆有冰舱以储肉食。今行红海，素号炎区，而我中国皆尚俭约，惜经费，不备冰

13,8,24

块，隔半日即鱼馁而肉败，致有此疾。

二十四日　晴。西南风小，早三零零零，晚二九九八。早八五，晚七八。铁差无，气差偏西四度。午正，行红海二百十一海里，英东三十七度四十一分，纬北三十二度十三分。

船向东南行。辰正，鱼雷艇行近“靖远”。酉初，鱼雷艇行近“靖远”叙话。酉初，“来远”又拖之。晚，热甚。 热甚

二十五日　晴。南风小，早二九九二，晚二九九一。热，早八九，晚同。气差偏西四度二十分。午正，行红海二百十九海里，英东三十九度二十八分，纬北十八度五十八分。

巳午间，见群鱼一阵，数百尾，逐舟而行，嘴尖身圆，皆长三尺许。约一海里，始不见。

洋二副立得而，英人也，老于戎事。立得而，英言“小”也。午后，遥指曰：“距此六度名卡土姆，戈登阵亡处也，上通尼耳江。英人于红海之滨阿克姆地方登陆，行沙漠间，中途无水，掘井饮。戈登不肯弃之，随及于难。”言已凄然，闻者皆为太息。戈登曾效力于中国者也。考阿克姆在纬北十九度，英东三十三度；卡土姆在纬北十五度，英东二十八度；按图为阿洲努比阿西苏丹地。 戈登殒命之处

立得而又述南阿非利加黑人好斗状。据曾偕兵官数人，棹一叶舟冒险前往，略观风景。见黑人招手令登岸，同伴喜甚。急止之曰：“是诱我也，不信请试之。”因放

一枪，黑人皆俯拾军器，作欲斗状，盖以带系军器于足间也。又云："南洋荒岛甚多，小吕宋相近一岛，黑人皆掘地作坑，将人盖在其内，以火炙而食之；如无，即烹同类。"

二十六日　晴。先东南风，后南风，小，早三零零零，晚二九九一。热，早晚八九。气差偏西四度五分。午正，行红海二百四十三海里，英东四十一度，纬北十五度三十三分。

鱼鸟相战　早在望台，见鱼鸟相战。游鱼一群，长约三尺馀，详细数之，三十馀尾，逐舟游泳。海面周匝盘旋有白鸟，如鹭鸶，计十五只。时而入水，则群鱼绕之；时而飞鸣，又复入水。约三十分时，鸟始翔去。

午正，过居菩提山岛，周约一海里。海图于此左近绘小岛，星星约以百数，舟行未之见也。本年，邓参戎率全军乘招商局"图南"轮船出洋接舰时，有"图南"水手病故，葬此岛上。登岸者回，云上皆鸟粪，石如蜂窝。申正，琅提督来验船，其时，忽传令停轮。遥见总理登舢板，大副吴京荣从。总理既登"致远"船，大副即登望台悬提督旗，仍令开驶。遂遍查上下各舱。酉正，回"靖远"船。

二十七日　晴。南风微，三零零零，早晚同。热，早八五，晚八四。气差偏西四度十五分。午正，行红海一百五十九海里，英东四十三度八分，纬北十三度十六分。

曼德海峡流泪门　卯初，过特泼苏科岛，俗名流泪门，为红海南口最险

13,8,27

处。昨总理来验船后，改为一小时行三海里，以待今日天明过此也。峡口名纠孛而，广三海里又半，纵二海里又三之二，距阿步亚而岛三海里。辰初，过启步坐岛、双尖岛、莫格岛。凡过岛峡，皆单鱼贯阵，过后仍改双雁行阵。未正，鱼贯而行。

申正，过棓林岛。是岛与亚丁为犄角。八十八年前，法王拿破仑第一据埃及，图吞印度，棓林尤为要隘。逮新河将开之前，法人谋据棓林。亚丁将军饮法人以酒，阴遣兵船往插旗。及法人至，则有英兵戍守焉，遂为英属。于是筑城设戍，为东西冲要焉。 丕林岛为东西要冲

二十八日　晴。东风小，早、晚三零零四。热，早八四，晚八三。铁差偏东六度。自昨至今，行红海一百五十一海里。寅正成单鱼贯阵，辰初改双雁行阵。进亚丁澳，按阵下碇。

午后，偕同船诸君游山城。乘马车驰三英里，复由北登山顶。入城门，辟山为夹道；既出，则别有一天。山围如城，方广二英里。一层矮屋，皆黑人所居，有如华式。洋房则有四层。居民无多，街市寥落。绕行一周，至城西，得一门，乃穴山通道者。门外有大兵房，列巨炮。绕至山前而返。 游亚丁城

晚，演电光灯。“来远”光足，“致远”光聚，而“靖远”光紫，“经远”光散而大。亥正，停止。 演电光灯

洋大副马吉芬，美国水师官，博学士也，曾充天津水师学堂教习。据云：英人得亚丁于今五十年耳。考一千四

百年前，婆罗门曾在此经营。英人挖地筑池时，沙石之下尚有痕迹可辨。《万国史记》记东罗马盛时，奄有阿洲北疆各国地，屡与波斯、阿剌伯战。亚丁正当冲要，或者其时曾经营及此欤。

万国史记

二十九日　晴。无风，早三零零二，晚三零零四。热，早八五，晚八二。

偕邓世昌至银行

是日，偕邓营务处登岸至银行划付煤水价。银行中之伙出入数次，始照数付给。盖亚丁并非商埠，且驻兵无多，虽有银行，略通汇划而已。

日本货物广行各地

下午，游街市，见一铺皆日本货物；进而视之，则英人也，并无欧洲物。问何以英人而售东洋货。答曰："本轻利重也。"曩在伦敦，曾见日本之货广行其地。如爵绅富商之第宅，必有东洋绣花屏、花瓷器、古铜器；下焉者，亦必有小瓷杯、东洋纸伞，皆目为中国物，不知东洋与中国有殊也。

亚丁的淡水供应

考亚丁为阿剌伯东南沙漠边地，常年亢旱，草木不生。道光十八年，英人以重金易得之，置官以理事，设炮以防守，种树以通地脉，筑池以蓄雨水。于是商民渐集，皆居内山之城。红海往来者，必泊舟购煤水，行人亦于此少息焉。煤皆英产，而水则筑池于内山之麓，将四围山顶凿平，使雨水聚流于池，节节设闸，流归山下总池，留以供用。若船多一时未便，则山城之外设蒸水厂二，吸海水入锅蒸之出售，皆用机器，而水不虞缺乏矣。亚丁将军赠水一百吨，于是各船之水充足，逾于恒时。

13,8,30

三十日　晴。东北风微，早三零零四，晚三零零二。热，早八十，晚八二。

是日，偕同舟诸君游亚丁东南两炮台。设炮无多，而兵房洁整，药弹、用具皆备如临敌状。由台外望，则往阿剌伯冲道也。是处设守迥不如支岛之严，盖以阿剌伯为易与耳，非如西班牙之犹有斗志也。 亚丁炮台

是日，兵勇放假。巡查官弹压回云：见华人三十三名，皆在此做工，头人名马锦堂。每名日可得工资洋银一圆，食用外，每年可馀二百大圆，吸洋烟则否。聚居一处，时有去来。见水师人来，皆鼓舞欢迎，请杀鸡为黍。急辞而返。 当地华民鼓舞欢迎

九月初一日　乙卯。晴，三零一二，晚三零一四。热，早八四，晚八三。

早，煤水皆齐，同船皆望及早开行。巳初，总理传令起锚。申正开行，成单鱼贯阵。酉初三十分，出亚丁湾，改双鱼贯阵。

初二日　晴。早三零一零，晚三零零五。热，早八五，晚八四。铁差偏东九度，气差偏西三度三十分。午正，行阿剌伯海一百六十九海里，英东四十七度五十一分，纬北十二度三十四分。 阿剌伯海

船行阿剌伯海，浪平风小。舟行无事，偕薛骏卿汇考伦敦气差度。

初三日　晴。早三零一零。酉正，风。戌初，雨，即晴。晚三零零五。热，早八九，晚八四。铁差偏东九度四

入印度洋 十分，气差偏西二度三十分。船向东行。午正，行印度洋西二百四十九海里，英东五十二度四分，纬北十三度三分。

大洋竞渡 午后，见一舢板艇驶风帆两道，行大洋中，船帆皆新制。舟中洋人云：此习行海也。西人每设会，集同好订地竞渡，携泅水具，备数日粮，以小舟行大洋中，先渡者胜。

舟中演习 晚间，偕陈大副译伦敦极差。正在考究差度，忽传督船灯号作备。作备者，豫备迎敌也。舟人皆起，各站汛地，启火药舱，船主登令台调度，约一时许始撤防。

初四日　早雨，风狂。午晴，三零一二，晚三零零六。热，早八二，晚八一。铁差偏东九度十七分，气差偏西二度。午正，行印度洋西二百四十六海里，英东五十六度十六分，纬北十二度四十一分。

是日，演水险。司舢板者、司吸水者、司堵水者、司修补船料者、备敌攻者，各司厥职，一时许始毕事。

鱼雷艇说 〔鱼雷艇说〕鱼雷艇一艘，长一百二十五英尺，英国雅乐厂承造。原议长一百英尺，各种应用器具什物皆备，价英金一万镑，工竣用便船拖带内渡。厂商以一百英尺长之艇不能行海，必加长二十五尺，价亦加增。星使刘公执以价则不增，必以能由船拖带行海为率。于是厂商允造一百二十五尺，价则不增，请下不为例。今由“来远”快舰拖带内渡，艇身狭而长，遇狂风巨浪时未免侧度过多，驾驶之人不能行坐，炊煮为不便耳。至行近海之区，虽有

13,9,5

风浪，则力能胜任矣。

初五日 晴。风狂，早三零零二，晚三零零六。热，早八二，晚八一。铁差偏东八度四十五分，气差偏西一度三十分。连日船皆向东偏南行。午正，行印度洋西二百四十一海里，英东六十度十六分，纬北十二度二分。

炮舵失灵

巳刻，演炮。不料船首之炮不能施转，既转而不能复原；汽力舵亦不能动，亟改用人力舵。查验机器，则汽管泄热水无度，而舵机因泄气不灵，炮机之橡皮同受热水浸涨，以致不能动转。急将汽管修好，收拾清洁，炮舵之机灵动如故矣。初驶新船，未谙其性情，幸管轮精干，立时查出致病之由，故无窒碍焉。

早，风狂浪大，船宕而颠。一时许，风少息，船亦稍平。晚，浪大风紧。

初六日 晴，早二九九九。下午，风大。申正，雨。戌，晴，三零零零。热，早八三，晚八一。铁差偏东八度，气差偏西一度三十分。午正，行二百三十五海里，英东六十四度二分，纬北十度五十七分。

亥初，驶帆一叶，船摇宕，入夜尤甚。

中英长度计量比较

考英国以十二寸为一尺，小于二部营造尺四分，此在英国伦敦考定之数也。我圣祖仁皇帝钦定天经每度二百里，英吉利海图则每度六十海里，是英三海里适当中国十里无疑。英以二千零八十码为一海里，一千七百六十八码为一陆里，又以二百零八码为一开孛，十开孛为一海里，六尺为一拓，三尺为一码。三海里六千二百四十码，应一万八千七百二十英尺；中国一千八百尺为一里，应一万八千尺。按英尺每尺加四分，适相符合。若以中尺六尺为一拓，三尺为一码，以英尺为小于工部尺二分，皆误矣。

初七日　时阴时雨。早、晚三零零零。热，早、晚八十。铁差偏东七度四十三分，气差偏西三十分。午正，行印度洋西二百十七海里，英东六十七度三十二分，纬北十度。

地图之学　〔泰西地图之学考略〕考地图之设，自古掌于地官，年湮代远，变迁沿革因之弥定，图说缘以不详。泰西地图，分详图、草图二种。详图则平面、侧面、平剖面、侧剖面，均用比例法绘画全形。凡绘平方图，则水之浅深、山之高低、人之多寡、教堂炮台之大小、村市原野之分合、车马铁道之广狭、通商埠之公私、公司船之有无，莫不作记，一目了然，甚或潮汐之若干、寒暖之若干、风雨之若干、地质若何、土宜若何，皆有记号。此备讲求学问及行船之用，按图可当卧游。

详图

草图　至于草图，则山水林原、田池屋市、兵房炮台、高低深浅、广狭多寡，各为记号，而不绘真形，在解人一见自明。此备行军探报调度之用，苟非其人，则不知也。

泰西各国皆尚绘事　泰西各国皆尚绘事，而地图之学创自法国，德为最精，曾以此技潜绘法国山川险要，胜法霸欧。俄人虽亦励精讲求，究有差等。

海图则英国为详，航海者皆用之。举凡兵船、商船、邮船，下碇之所，皆有定地，不容少淆。而洋海之下，泥

13,9,7

沙石土，粗细颜色，莫不详记于图，不特按图可知广狭、深浅、远近已也。大凡陆地之图，皆隶陆军，选陆军将士，入局供事；海道之图，皆隶海军，选水师将士，入局供事。一图既成，布发市廛出售。如各国之图稍有改易，或得新闻，立即按图更正。故如英之官图局，日役百馀人，外此民间图局，工人更难屈指数。各国皆为专门之学焉。 英国海图最详

又考俄国讲求地图，勤于他国。俄都及尔瓦梭非尔那启爱夫四处肆中，出售地图有一兆三万种。俄土之役武事，画图院中发给欧洲俄兵地图数计二十万张，发给亚洲俄兵地图二万张。画图院经费出自公家，图皆贱售，欲其人人购观也。二十年前，原定一年经费三万五千罗卜，今增至四万六千矣。院中人精勤殊甚，昔用铜版旧法，今用照相新法，二日可成一纸，每小时可印五百纸。院中自绘各地图三千一百五十四种，仿绘者二千六百五十九种，并有德国武事地图七百四十八种，别国武事地图四百五十六种，俄国欧洲二十五省图五百三十四页，又十六省四百十九页。又一种俄国欧洲全图，则德之柏林、奥之维也纳与焉，计一百五十四页；至西卑里亚与中亚细亚之地图，更不可以数计焉。 俄国讲求地图最勤 用照相法制图

初八日　壬戌，霜降。时雨时晴，早三零零七，晚三零零二。暑，早七八，晚八十。铁差偏东九度，气差无。午正行二百三十九海里，英东七十一度三十一分，纬北九度十三分。

寅正，鱼雷艇缆断，停轮待修。午正又断，又接之。

盖洋中浪激力猛，铁缆不能任受也。

考求气差 连日考求气差，预测今日当行无差之度，过此当生东差矣。今日午正，适在无差经纬度适中之地。针定神宁，天时和煦，水气清润，当再审之。

论日本人之学西洋 船中闲谈，以为自英至此，登岸或有未见中国物者，莫不见东洋物，皆云西人爱便宜。呜呼，误矣！日本自明治嗣位，变封建，矫流俗，考工艺，兴矿产，务实学，创海军，免出口税，立女子学校，遣贵胄出洋，未及二十年，而国无游民，家给人足。议者谓日本将来富敌英国，不诚然哉！惟崇尚西学，而改正朔、易服色焉，未免阿谀太过矣！日本人善仿西洋货物，凡泰西各国常用之品，莫不仿制如式，故各国喜用之，行销遍于西洋各国焉。

九九重阳 初九日　重阳令节。阴阴雨雨，早三零零四，晚三零零一。热，早八四，晚八一。铁差偏东八度，气差偏东三十度。午正，行印度洋西二百零四海里，英东七十四度五十一分，纬北八度二十四分。

是日子正，鱼雷艇缆断，辰初又断，遂令生火自驶。

考锅炉之汤气，犹暑热上腾之云气也，故又呼之曰“天气”。然则谓天气如汤气可，谓汤气如云气则不可。呼之曰天气，则热气入于汽椟，实如天气焉。积方十五磅为一倍，积方一百二十磅为八倍，司机器者必知此数，方可稽查热度焉。

“天气”

初十日　晴、阴、雨、雷，终日不定。早三零零零，晚三零零一。热，早八二，晚八一。铁差偏东九度，气差

13,9,10

偏东一度。午正，行印度洋西二百三十一海里，英东七十八度二十五分，纬北六度五十七分。早，见帆船渐多。酉初，改单鱼贯阵。戌正，见锡兰红光灯塔。邓正卿云此灯可照六十海里。夜半子初，停轮灯塔堤外，候引水人不来。既而遥传灯号，云五点来，遂下碇。

见斯里兰卡灯塔

自初一日至今，昼夜不息，行大洋十日矣。人力疲乏，食物罄尽，船中病者日多。皆琅总理加轮转之数，可以疾驶早归，而鱼雷艇时常断缆，其不能加速可知。于是在船者日计归程。自英起碇，至今四十六日，已行海程三之二矣。计自锡兰至新嘉坡一千六百五十四海里，自新嘉坡至威海卫二千二百三十海里，共计三千八百八十四海里。按每日行二百海里，十九天半可至威海卫，再一日程可抵天津，加以锡兰、新嘉坡、香港三处停轮，亦不过一月期。逆计小春初旬尚不至封河，可禀请北洋大臣验船也，遂互相告慰。

人多疲病日计归程

楼船日记卷下

十一日　晴，早二九九零，晚二九九二。热，早八五，晚八十。

泊科伦坡　卯初，引水人来，导船进锡兰口。有小划船至，将锚系于水鼓之上。“靖远”、“来远”为一队，“致远”、“经远”为一队。盖欧洲沿海各口皆有引水人，兵船至此，应听引水人为政也。午刻，英国巡抚遣中军持帖来，请琅总理及四管驾十三日早十点钟饭，委员及大副、学生是晚九点钟跳舞。

午后，登岸游博物院，陈设如旧。绕行一周而出游市肆，皆售宝石、金刚钻石及乌木雕件者，至晚回船。

狮子国　按锡兰岛古称狮子国，纵二百七十海里，广一百四十海里，积二万五千三百六十四方里。明初为天方教所据，后准葡人在海滨立埠，嗣又为和兰所夺。嘉庆元年，英人逐和人并其土酋，分东、西、南、北、中及北中、西北七

13,9,11

省，中为故王都，名坎光，南省名巴得高，西省名科郎埠。科郎部分九区，土官治之，巡抚驻焉。于是治道途，建教堂，设学校，通煤气灯、沙滤水，铁道、电线、邮政、银行，诸政毕举。人民日众，税饷日充。

本日在市闲行，有土人招之入肆，持视各货。导之入室，供以茶酒，且操英语云："中国吾同教之国也，日益强矣。兵船过此甚多矣，吾辈若大旱之望云霓也。"遂一笑而散。既返舟，同舟之登岸者皆云，土人咸欣欣喜色而相告曰：中国日益强矣。 土人皆曰中国日强

十二日　早晴，既阴雨迭至。早二九九八，晚二九九四。热，早八二，晚七六。

午刻，偕四管驾官往拜英国巡抚提格斐。乃及门，有朱衣金帽役三人左右立，接帖，导入中军。副将迎于门，导之登楼。巡抚迎候于堂。予致刘星使仰慕之意，并谢一再邀请盛情。提格斐乃问途中安否、船行速率若何、拖鱼雷艇甚辛苦等语。邓营务处一一以英语答之。未正，巡抚来船答礼。 往拜锡兰英国巡抚 邓世昌以英语答问

申正，登岸游桂树林。乘马车驰二十馀里，茂林丛桂，芭蕉棕榈，一路不断。由别道至一火车栈避雨一刻许，遂回。车过市肆，土人遮道邀之。遂进一大铺，见钻石、猫眼，红、绿、黄、紫、碧宝石多种。有猫眼石一，大如鸽卵之半，约重八九钱，色碧，光四道皆左右顾，罕得之品也，索价英金八千磅。馀如红、绿宝金质约指，索价约英金五六磅不等。 猫眼石

查得西书记有钻石、宝石价目，摘录于此：未做之金刚石一开而英金二磅，二开而英金八磅，三开而英金十八磅，五开而英金五十磅，十开而英金七十二磅；红宝石一开而英金五格尼，二开而英金四十二格尼，三开而英金一百三十格尼，六十开而英金一千格尼。

宝石价目

英金一磅，金重二钱二分；一先令，银重一钱八分。二十先令易一金磅，合中国库平银四两五钱零。一格尼乃一金磅一先令也。一开而之数甚微，以中国每斤十六两，分作二千零九十五零二三七个开而；一开而合中国七毫五丝一忽五微一纤。凡购金刚石、宝石者，以此例核算给价，不致受欺。

真假宝石之辨

然有一种宝石屑熔料充真者，颜色鲜美，品亦精瑛可爱，非以显微镜视之，不能辨真假。盖真者即上品之宝，不能无些微之纹，而假者必无也。虽系假宝，价仍甚昂，视真者略减十之五六而已。

十三日　时晴时阴时雨。早二九九四，晚二九九六。热，早八十，晚七九。

天竺寺者，埠中名胜也。下午，登岸往游之。寺门外，菩提树甚多。有僧人导游前后。地不广而清洁，卧佛座下供鲜花甚多，殿上佛象如恒。殿傍一佛骨冢，高约五丈，周十馀丈，揭高竿悬哈达无数。外围砖墙高丈许，墙有穴两层，如人字式，四面计约千数，望之熏黑，盖月望夜必燃灯也。

游天竺寺

至方丈，有老僧枯坐，似悟道者，年五十八岁矣。赠

13,9,13

以孔林胜迹图。少坐，供蕉果、香橙两碟，导视贝叶经。贝叶长尺二寸，宽二寸，约百馀叶，僧人甚重视之，文字不可辨。前年伦敦赛会，印度人以此经陈列于书籍之间，曾往见之。僧入内别取一经相赠，惜言语不通，不能询为何经何典也。酬以金磅一枚，遂回船。 赠老僧孔林胜迹图

晚九点时，赴英巡抚署跳舞会。入门，灯烛辉映，陈设清洁，男女相将，蝉联而至。英官武员为多，印度土官十馀人佥来握手，操英语询中国近事，且曰："知中国增如许好船，我等同教之国格外欢喜。"因应之曰："印度通中国早于欧洲千年，我朝崇信佛法，是同教之国，我国强犹同贵国之强也。"答曰："亚西亚幸事幸事。"询居何官，答曰："波黎门。"波黎门者，土官也，皆西服。是日跳舞者十馀对，中国人同赴者琅总理、西管驾、三大副、八学生及洋翻译夏立士。 与印度土官谈中国

十四日　时晴时雨。早三零零零，晚二九九四。热，早八二，晚八十。

早起登岸，有广东人林姓，来此新开一肆。因往观之，皆广东用物也。英人往购者，日繁有徒。遂至办馆少坐。办馆为阿剌伯人所开，其人内围幅布，上罩英服，操英语，专代往来之船采办物件。 "办馆"

既午膳，乘车游街市。北有一江，水流湍急，以数十舟联之，上覆木板为浮桥，中设机可开，以通行舟。过此者，人纳一卢比。予车至此，车夫索一卢比，与之。牵牛驱车，络绎不绝，冲途也。

锡兰风尚中西参半

土人多蓄牛，故市多牛车。独辕驾双牛，而覆以贝叶，此运货车也。又有似轿车式，驾双牛，牛无踢踏形，与马车并驰。是以街多牛粪，即洋行比栉之地，亦秽气熏人。富厚之家则蓄象。板屋蓬寮，多有走廊，屋内如西式，而连绵数层则又中式。盖印度为中西适中之地，风尚亦中西参半也。

土人服饰

僧人以黄布阔三尺许者，自前向后围之一周，缚以带，复自前向左肩背络之，而袒右肩臂。俗人或以红色花布，或以白布；或裹两肩，或袒一肩；雨则蒙首，皆赤足无鞋。间有着木屐如日本者，男女皆同。商人或服小袖短衫，妇女亦服红色边小短衫，此则从英国耶苏教之民也。市有高帽西装而下围花布者，皆阿剌伯天方教人也。若赤身露体，以白布一方围腰际，皆负重之土人也。

晚在临海大客寓，偕四管驾晚膳。楼上皆客房，楼下为饭厅。陈设精洁，味如欧洲，故来者多西人焉。

华侨常思叶落归根

回船后，巡查官亦回，云有广东人陈姓，居此数十年，儿女及孙儿女、外孙儿女全家三十六口，有竹园及市房，在此每日食用约需十卢比。其子谓刘东山曰："此间风俗大似中华，且向慕华人。吾老父常思归，百年后当送骨归故乡，仍来此久住也。"

未几，管驾由督船回，云中省坎光为名胜地，英国巡抚意华人必往游，故命火车栈代给车资，竟不料三日绝无人往。今日琅总理往谢巡抚，语及之。吾辈盍不往游？余诺之，复约叶、邱两管驾，订清晨往。

13,9,15

十五日　时雨时晴，早二九九六，晚二九九四。热，早八八，晚八十。

辰起，偕邓参戎往邀叶、邱两管驾，乘小轮艇登岸，乘马车至火车栈。时尚早，既购票，在客房闲话，复往近处咖啡馆啖面包、红茶。及时登车，有一广东人疾趋而至，云在此充英国兵已满二十年，今食半俸，月领六卢比，不堪糊口。有亲属在新嘉坡，无资不能前往。因出示文凭二纸，一则当兵已满之凭，一则月领半俸之凭也。时已开车，匆匆分手。

一广东人来谈

行半时许，少停。有车工持簿来询用饭否，因署名于簿。未半时，又停。车工招至饭车，车仍驶行。车内设四桌，每桌可对面坐四人，菜物皆由车前窗内递进。正食顷，侍者即指云："请看。"但见青绿满山而已。既而操英语云："此花五十年一开，中华诸公来此，适见花开，大吉祥事。"竟不解所谓。既而遥见所指处，万绿中有白花一丛，上锐下肥，如竹花形。既而又指一处，谛视之，如芭蕉花，而蒂梗甚长，分缕下坠，下已开足，而上则将开，顶则含苞者也。

贝叶树花

既至坎光，游古寺一所。正殿已被和兰作衙署，今则英之刑司居之地，甚宽广。听审之堂，则故斋堂也。寺外清水一池，池外围墙之内，有亭有楼，甚清洁，乃英国官署也。既出寺，马车导至大街，有映相馆，遂入。遍视各景摄影片，始知五十年一开之花乃贝叶树花也，摄有影相。爰检锡兰名胜可知者购之。时交未正，急至火车栈，

坎光古寺

适值将开。既登，详视山景，则层峦叠嶂，青绿满目，道皆凿山排铁轨，路约三百馀中里。

及抵科郎埠火车栈中，日已过酉。将出栈门，有人从后追及，肃之返，则将购票及午膳所给之资缴还，云："顷间时尚早，总办未来，是以误收。巡抚有命，不敢领也。"遂致谢回船。是日，购得贝叶经两部。

考光绪九年印度全地英人兵额：欧洲兵六万五千名，印度兵十二万五千名，印度各小邦又有土兵三十八万一千名。议者谓欧兵不服水土，土兵懒怠，全不足恃云。今查粤人在此当兵年满，半俸止六卢比，合英国十五先令，每名全俸约三十先令，合中国银七两零矣。

欧兵土兵全不足恃

十六日　晴，早三零零零，晚二九九六。热，早八三，晚八十。

阅英国水师船

巳正，阅英国水师船。既登，有一兵接名片入，招之进船主房。主人出迎，握手毕，中军至，陪游船面一周，由前登船而阅视左右二巨炮。仍邀入船主房，敬葡萄酒一杯而出。一小兵头卓立门首，及梯，仍二兵上下立，此外则未见一兵，于此见英水师之严整焉。我四船中，多有能之者，然非平常人猝然往瞷，不知其平时之整肃也。既登岸，复至办馆少坐。

英国水师兵俸

考英国水师兵俸，每年百二十镑，当差期满则给半俸六十镑。陆兵则减于水师，而印度土兵又减于陆师。故粤人之在印度当兵已满二十年，月给半俸止六卢比矣。法兵之饷减于英国，德国之饷又减于法国，俄国之饷又减于德

13,9,16

国，与中国不相上下焉。

锡兰通行中印度派利文字，书于贝叶上，凡书籍、公牍皆用之。凡民间户婚丁产，有司铎者理之，如中国之教官然。土人别有俗字一种，用以记名姓计数而已。故佛教经典皆书派利文字。 派利文字（巴利文）

〔昙花考〕英人谓棕榈曰“派姆”。其同类有曰“派而美而”者，高六十馀尺，叶长四尺，一叶七八十茎。茎有丝如发，作药可止血，其汁可作糖作酒，开花结果可食。叶可作帽、扇、伞、绳、纸，大者可盖屋。梗纹直，锯之不易断。殆即芭蕉也。又有一种最大者，高一千八百尺，叶长五十尺，宽八尺，纬南三十度有之。又有一种曰“台里泊派姆”，取其叶煮之晾干，喷水，以重物压之，卷如臂，用作纸，以铁笔书之。又有一种“太来派克派而”，产锡兰，大者高一百尺，小者高六十尺。叶长十八尺，宽十四尺，雨时可蔽天作伞，叶之大者可三十尺，可作纸书字。中茎空，有汁，可作面包食之。必三四十年而花，花白色可爱。花后生果，圆径一寸，可食。果熟而树萎，亦有不萎者。此美国格致书中所纪也。 热带植物

今土人称贝树为“达拉嗄”，叶可作纸，必五十年而花，过此又须五十年，或四十八九年，或五十一二年。花时凡树齐开，其不及五十年者，必俟再五十年而后花。故见此花之人，必有福根。花后必萎，但从无百年者，故又称“昙花一现”云。今所见之树，高八九十尺，叶在上者小，在下者大，长二三十尺。顶上开花一丛，色白如芭 贝树

蕉花，蒂长三寸，缕缕下垂，花开分缕，自下至顶，顶尖尚有含苞之蕊。三日来见六株，大小相等，盖即佛经所称贝树也。土人见贝树开花，目为大瑞云。

十七日　雨。巳刻，晴。早三零零零，晚三零零八。热，早八五，晚八一。气差偏东一度。

辰正，鸣炮十五响，敬美国水师提督也。督船有令，起右锚。巳初三十分，令起左锚。午初二十分，单鱼贯阵出口。船向东行，宕甚。

鱼贯出口

十八日　时晴时雨。早三零零六，晚三零一零。热，早八四，晚七八。铁差偏东九度，气差偏东一度三十分。船向东偏南行。午刻，行印度洋东一百七十九海里，英东八十二度二十九分，纬北五度三十二分。

巳初，鱼雷艇断绠，停轮。巳正，令自生火，在四船中央行驶。是刻，刘东山见一蛇，尖首黄色，长五尺馀，绕船游数匝而没。

午刻，见商船一。

前日，在锡兰得狮子国古书一本，乃英人译刊于教会者。午后无事，偕马吉芬译之。狮子国古书云："人之当敬爱者，五父五母。亲父、外父、师父、豢养之父、再生之父，是为五父。亲母、外母、师母、君母、朋友之妻，是为五母。"

人当敬爱五父五母

又云："水满器，挹之无声；半器，则有声矣。人之学问亦同。故饱学者一言而决，无知者强辩饰辞，哓哓不已。"

13,9,19

又云："禽兽不贪财，鱼蟹不识珠，驴犬不择食，盲人不辨光，愚人不知道。人而不求道，与禽兽等何异？" 人不求道与禽兽无异

十九日 晴雨不时。早三零零六，晚同。热，早、晚八十。铁差偏东十二度，气差偏东一度三十五分。午正，行印度洋东一百九十五海里，英东八十五度四十三分，纬北五度二十六分。

是日，风静无波。自出锡兰，虽有数次之雨，而风小浪平，一小时行七八海里。前在印度洋西，曾一小时行十一海里矣。恐封河之前，不得至北洋焉。

据总理大副吴京荣云：琅总理终日料理船事，刻不自暇自逸，尝在厕中犹命打旗传令。总理之辛勤，为不可及矣。 琅总理辛勤

下午，偕薛骏卿、郑雅村闲谈学堂事。云初入学堂，先学水手事，如打绳结、上桅竿、帆篷记号等。又习枪炮、陆军行阵兵丁之事。逮上练船，尚是水手之事。遇风大浪猛之日，教习必令荡舢舨；逮诸生力乏不能前进，始自放舢舨来援。皆所以练手、练心、练胆也。至于测远近，较迟速，甚属微渺；风力、水线，必根算学乃成。按图行船，尚是易事。 谈天津水师学堂事

问教习学问，最深者何人？答曰：严又陵先生，名宗光，不特驾驶、管轮诸事谙练，循循善诱，即中国学问亦高。吾辈小有所得，皆严先生之教也，惜短视不能上船云云。骏卿见理明达，且有道学气；雅村作事果毅，且制艺亦佳，不愧天津学堂高才生也。同船二生已如是，其他 教习严复学问最深

可知。

二十日　早雨，午后晴。早三零零二，晚三零零五。热，早晚八一。铁差偏东十二度三分，气差偏东一度四十分。午正，行印度洋东一百六十海里，英东八十八度二十四分，纬北五度四十三分。

午初停轮候“来远”

是日，午初停轮，候“来远”拖鱼雷艇。午正，“来远”与“靖远”并行，一小时行九海里。未正三十分，“来远”归伍，过商船一。晚，子初放蓝火号，停轮；鱼雷艇又断绠，子正生火自行。四船遂一小时行六海里。

英制海图细密精确

舟中海图，英制也。凡水之浅深，礁之有无，寄碇之所，灯塔之处，而海底之物，颜色粗细，皆有记号。分泥、沙、石、土，及灰泥、黑泥、粗沙、灰沙、黑沙、细沙、石子、石泥壳、红土、珊瑚多种。倘风潮过猛，迷失地位，不能确指度分，则取长绳，系铅坠，掷下探之。铅坠空其末，抹以牛油，及底，油粘泥出，以显微镜辨之，即可借此以辨度分也。泰西行船之法，细密如是。

二十一日　晴，夜雨。早三零零四，晚三零零八。热，早八四；晚凉，七七。铁差偏东十二度，气差偏东一度四十分。午正，行印度洋东一百六十海里，英东九十一度八分，纬北五度五十五分。

大风暴的前兆

巳初，停轮候“来远”拖鱼雷艇。按阵徐行。近晚，东南黑云起，亟撤凉篷，预备风暴。旋见督船传令：如有风暴，在新嘉坡会齐。戌正，大雨。

二十二日　晴，阴雨不时。早三零零四，晚三零零

13,9,22

八。热，早八一，晚八十。铁差偏东十二度，气差偏东二度。午正，行印度洋东一百六十六海里，英东九十三度五十四分，纬北六度四分。

早辰，停轮候鱼雷艇。巳初三十分，改鱼贯阵。巳正，改双鱼贯阵。酉初三十分，单鱼贯阵，是刻见山。酉正，见灯塔。戌正，过中岛灯塔北。亥初，过大岛灯塔北。此处即出印度洋，入苏门塔腊峡，又名麻六甲湾。船行稍速，向东偏南行。亥正，改双雁行阵。 过苏门塔腊海峡

是日，营务处邓参戎病，壮热腹闷，不思食。 邓世昌病

二十三日　丙午，立冬。卯刻，雷雨；时阴时晴。早三零零七，晚三零一零。热，早凉，七八，晚八十。铁差偏东十度，气差偏东二度三十分。午正，行印度洋东一百六十六海里，英东九十三度五十四分，纬北六度四分。

申初三十分，停轮候总理至“经远”船。酉初十五分，又停，总理回“靖远”。遇商船一。是日，邓营务处仍病。

二十四日　早，时雨时晴；午，雷，即晴。早三零零七，晚三零一零。早热，七九，晚八二。铁差、气差失注。午正，行印度洋东二百零九海里，英东一百度二十六分，纬北三度二十六分。

是早，登望台，见邓参戎扶病监视行船，盖将至险处也。辰初，过中国海船一只，盖船行峡中，槟榔屿已在其北，此船乃运货赴屿者也。岛屿星星，帆樯隐隐，已是中华景象。过波罗杂哈岛，翠绿浓翳，孤注海中，宛似焦 邓世昌扶病监视行船

山，顿触思乡之念。戌正，同船打慢车，单鱼贯过罗加打山。

考波罗杂哈山南至新嘉坡，二百海里。故山之迤南海中，建有灯塔一，座北，为南北潮头汇集之处，舟行最险。盖北从印度洋奔腾而东，南从七洲洋汹涌而西，至此相遇，潮头激撞，有高至数十丈者，可惧也。行舟必预计程期，使舟至之时，已过涨潮之候，方妥。是以彻夜调度，阵式迭变，路狭礁多故也。本日所经，为东西往来至险之地，故详访而详志之。

潮头汇集之处最险

二十五日　巳初雨，时晴时阴。早三零零三，晚三零零四。早热，八九；晚暑，七八。铁差偏东八度，气差偏东二度四十分。午正，行麻六甲湾二百三十二海里，英东一百零三度三十二分，纬北一度十二分。

本日，正卿病渐瘥。丑正，过麻六甲灯塔。寅初，过商船一。巳初，遥见新嘉坡，单鱼贯阵。岸上观者如蚁，土人则举手扬巾，华人则额手称庆。未刻停轮，下碇新嘉坡，距岸约三海里。偕四管驾同拜领事左子兴太守，名秉隆。晚，随员左树南请福如居便酌。亥刻回船。是日，黎明时由望台下，遇骏卿已起，即邀入房煮茗，覆按旋风自行之理，知其此时无事。既至新嘉坡，水师官轮班请假，人少事繁，即无暇晷也。

泊新加坡

二十六日　晴，早、晚三零零三。暑，早八十，晚七九。

午后，偕四管驾拜英国总督。回至领事府闲谈，偕

13,9,26

“来远”船管驾邱彪臣在广东馆小酌。亥刻回船，知琅总理接丁军门电：“奉北洋大臣李谕：新船至厦门，与北洋水师同阵过冻等因。”

丁汝昌电转李鸿章谕

考新嘉坡又名星坡，地纵二十四海里，横十五海里。其地在英东一百零三度四十分起，至四度三十分止，纬北一度十三分至三十八分止，乃巫来由国滨海之区。

巫来由又曰麻六甲，又曰马蓝，古柔佛国也。当东西之冲要，为华洋之咽喉。嘉庆二十三年，英人据而有之。风雨调顺，气候温暖，山形平坦，地脉畅宣，商农麇集，土客蚁聚。华人居此者以十万计，富有数百万者数十户，数十万者以千万户计。分设会馆四，有事则聚议焉。英人则设总督一员治之，又设护卫司一员，以理土、客词讼。署中例备各国领事听审位，使各国商民得通情伪焉。内地曰石叻，又曰息力，巫来由国苏丹居焉。苏丹犹言王也。

巫来由（马来亚）

二十七日　晴。早三零零零，晚二九九四。早七八，晚八十。

早，英国总督来答拜。午后，登岸绕市游一周。至吴丕球所开药店内少坐，偕薛骏卿、郑雅村及“靖远”船中学生洪洞书、温朝仪同在广东馆晚饭。洪、温两生，亦天津学堂高才生也。亥刻，回船。是晚，英国总督请琅总理及四管驾饭。

天津学堂高才生

新嘉坡距广州五千里。民船遇顺风，不半月可到；若英法公司船，七日必到。故广人之经营于此者，往来不绝，日益加多；而乡会新贵及生员之有亲故于此者，亦必怀刺一游，秋风增色。据药店主人云：秀才来送半元，举人来送一元，有交情者格外，若进士翰林，则少或四元，多必十元；一年之中，铺中应酬不资。云新嘉坡领事左太守开月课，应考者常有百名，少或八十名。盖坡中富厚之家，莫不延师课授子弟举业，故厦门、潮州士子就馆于斯者尤多。

厦门潮州士子尤多

二十八日 晴。早三零零四，晚三零零二。早、晚八二。

早，四管驾至巫来由国苏丹府午饭，因昨日在英署同席面订也。左领事请晚酌，遂与琅总理、四管驾往。同席巫来由国苏丹、中国董事陈金钟、黄江永及各国领事，皆络绎而至。英国总督辞未来。苏丹谓思诒曰："早间何不枉驾？"答曰："昨传苏丹谕请水师官，思诒是钦差委员，未便奉扰。甚喜见苏丹于此间，尤愿将来见苏丹于京都也。"王曰："甚愿甚愿。"

与马来亚苏丹一谈

华人萃集

新嘉坡为华商萃集之区，内地名石叻，农民半是华人。南至噶罗巴仅二百四十海里，东南至婆罗洲五百五十海里，北至槟榔屿三百七十海里。闽广人之经营于新嘉坡附近者，数逾百万。

华民之地宣讲圣谕

光绪八年，思诒陈请于华民聚集之地宣讲圣谕、设立义学等四条，蒙工部堂官代奏，奉旨："该衙门知道，钦此。"经总理衙门分咨出使大臣在案。光绪十二年，随节出洋，二月二十四日行抵新嘉坡，左君谓曰："光绪八年所上设义学、讲圣谕条陈已奉行知，近已按月宣讲。至义

13,9,28

学，因经费未齐，亦将兴办”等语。本日在左君案头，见闽帮“乐善社”、广帮“同善社”宣讲圣谕章程，领事均有捐廉。而闽帮宣讲，实始于光绪六年九月，陈君金钟首创也。

华人捐资兴办义学

闽帮“乐善社”章程十二款，周年换值年董事一次，每年二十人，本年振兴公司等二十家。捐资者一百户，经费充足，故左君捐廉二十元。广帮“同善社”章程十二款，公举杨金鉴作值年，今新举黄坤丰董事三十五家。捐资者六十四户，经费不裕，故左君捐廉四十元，始克举办。

陈金钟

按陈君名金钟，号音呟，福建厦门人，久居暹罗，今国王之妃父也，现任暹罗国西疆巡抚、暹罗国巫来由国新嘉坡总领事、英国新嘉坡总甲必丹、中国闽帮董事、二品衔候选道，年已六十馀矣。闽帮妇女有为娼于新嘉坡者，陈君必资遣回籍。故新嘉坡无闽娼，陈君之德也。本日叙谈颇畅。

海外文宗左子兴

又在左君案头见闽、广生童月误九十馀卷，大都文理通顺，初不料山陬海澨，文教广行如此之亘。坡民曾献匾额悬于大堂，曰“海外文宗”，左君真无愧哉！本年左君以亲老三次告养，星使皆慰留焉。

领事之职

领事之职，专理本国商民词讼，及各国商民与本国商民交涉各项事宜，务臻和洽；遇有本国商民被欺害者，必力为申理。凡各国往来文武官员，必周旋咨访，遇有损益于大局者，必速呈报，庶忝厥职焉。星坡为东西冲道，酬应极繁，领事必备有马车、小火轮船并每月宴会之费。左领事月支四百二十金，不无支拙耳。

二十九日　晴。早三零零二，晚三零零零。早、晚八一。

参观报馆晤主笔

午后，登岸乘铁道火轮街车至新闻馆，晤叶君季允，馆中之主笔也。年二十四矣，尚努力制艺。云：家累甚重，故就此，月可得六十金，内地恐无也。是晚，四船管驾公请于广东馆，同坐左领事竹林。亥刻回船。

国王赠邓世昌地图

昨，邓参戎赴巫来由国苏丹府宴，苏丹赠以巫来由国地图一帧，水陆地名皆详。亟按度抄录之，就其水道支流，编其地名于左。

马来亚疆域

考巫来由国俗，布于南洋各岛。巨酋为巫来由国苏丹，即古柔佛国也，谓其酋曰“苏丹”。辖地东北界暹罗，东西南三面皆海，纵约四百海里，横约三百海里，而新嘉坡为南疆一巨岛焉。

柔佛新山之南，新嘉坡之北，中隔小港，广约一海里，地名惹呀，俗呼石叻，乃苏丹所居也。

东北大河曰兴刘大港，噫宁山以东诸水出焉。

西之大河曰麻大港，上而豹隆（地名）、孛文打（地名），北而牛隆嘽兰（山名）、力留（山名）、东甲（山名）、芙蓉（山名）诸山，南则武吉（山名）、龙呀（山名）、吕呀（山名）、良峇楮（地名）、吧鹅（地名）、木胶难武吉（地名）、柔呐（地名）、吧东（地名），诸地之水皆入焉。

西南之河曰峇楮吧学港，为上流三河汇流之水。东则

13,9,29

舞舞隆，中则和威（地名）、永平（地名），会同实离之水，复会上合之水，复会杉舞隆（地名）、邦六之水而西，西则周德（地名）、荣兴诸邑之水，下会两流，同入于海。上则有沙雅（地名）、吝影小港，下则素惹（地名）、枝十（地名）、龟玉（地名）、文律（地名）、炳安（地名）、双雅（地名）、大笨簾（地名）、小笨簾（地名）。诸地之水，由小港入海。

南之大河曰柔佛大港。港之上流为文占隆（山名）、没奈末（山名）、本沙劳言（山名）、邦柔（山名）、雅留诸山，文打合（山名）、牛隆邦诸山以西之水皆入焉。港之西曰新纪（地名）、老纪（地名）、顶泰盛（地名）、泰丰（地名）、老南兴（地名）、新南兴（地名）、翁厝（地名）、老林（地名）、愤愤（地名）、金今（地名）诸地，港之东曰诗熟（地名）、德兴（地名）、新东顺（地名）、老东顺（地名）、年吧（地名）、地吹（地名）、鉴治（地名）、邦瑶，诸地之水汇焉。 柔佛大港

新嘉坡之北，柔佛新山又有一河。广福潮之东亦有一河，包和丰（地名）、淡水（地名）、丰烈（地名）、黄前（地名）、海南（地名）、埠来（地名）、大山（地名）、天顺（地名）、槽（地名）、巫许前（地名）、巫许后（地名）、序六（地名）、柰龟（地名）、薄（地名）、思旧立诸地。柔佛新山之东又有一河，则泰盛（地名）、新林（地名）、中林（地名）、振泰（地名）、龟来（地名）、新佘（地名）、丰顺（地名）、文贤（地名）、老陈（地名）、邦兰（地名）、老郑 广福潮

(地名)、隆珠(地名)、廊阁(地名)、妈西(地名)、内窿诸地皆包焉。至若隆炳(地名)、色呀末山、噫宁山以北,兴刘港以东,皆暹罗境也。

十月初一日　甲申。早晴,二九九八,晚雨,二九零一。热,早八三,晚八十。

赴商董宴

午后,登岸,在领事府闲谈。近晚,偕四船诸君赴山芭树林园星坡众商董公宴。

亥刻散,至码头,将唤渡回船。而船主邓正卿及方竹舫、解秀珊皆至,因与竹舫并坐一艇,船主及秀珊并坐一艇,同时打桨出海。忽见西北黑云堆起,正卿呼曰:"速行,雨来矣!"语未竟,狂风猝至,两艇亦分。因令舟子遥指船灯速行。未几,云高雨至,急将坐下席片褐出蒙首,而与竹舫各执其端。顾视船主之艇,渺不可得,呼之不闻。仰视四船之灯,亦昏不能辨。因令舟子向岸行,而风紧雨急,船随浪驶,浪激船颠,舟子独力不能自主。瞬见眼前壁立一船,呼之,则应者"致远"之水勇也。闻声,即持灯撒长绳下。而波涛汹猛,起落寻丈,起则艇浮船面之上,落则艇在船底之下,猝不得登。予因与竹舫各以一手执绳,一手招水勇曰:"曳予!"浪起而船升,水勇执予腕,一跃而登。浪再起,而竹舫亦登。亟告值更官曰:"船主未至,何不打灯号询各船值更官?"郑雅村趋至船首,而"靖远"灯号至,令放舢板往迎。及返,而衣履湿透矣。予则以席蒙首,止湿外衣及两足耳。事后思之,危险何堪设想也!

渡海遇急风暴雨

13,10,1

树林园者，坡之山芭地方闽商游燕之所也。一路林木阴翳。及园，四围花木中建洋式房屋一所，分内外堂。是日，外堂张各种旗，中悬龙旗，左右列坐，皆华式；偏左设柜如西式，中西茶酒果饵皆备；正面扎高台，结彩悬灯，有广东女优演戏，台下陈西乐数十名；夹道皆悬灯。内堂设长桌，列坐百数，如西式饭厅。是日同席者，巫来由国苏丹、中国领事、中国提督衔总理接船事宜琅威理，及四船管驾、大副、二副、正副管轮，及学生、文案、司事、医官、洋大副、二副、洋管轮、洋翻译咸集，而主人是闽帮董事、二品衔候选道陈君金钟为首也，是日，红顶缎靴，服行装，操官音，酬应宾客，为新嘉坡不数觏之盛会焉。故乐而详志之。 树林园盛会

初二日　晴，晚小雨。早三零零一，晚三零零二。热，早八二，晚八十。

早，雇升火土人八名，分派各船。病故升火水手甚多，故也。惟“致远”独无之。

晚，广州商人罗奇生独请四船诸君夜宴，同席左领事竹林。

兵船例不准人窥探。四舰抵星坡，众商吁领事请登船瞻仰新式。爰与琅总理、各管驾商准，由领事给牌，登船游览。于是游人棹片舟往来各船间，日中至昃，纷纭不息者，五日矣。较之江河竞渡，尤为繁盛焉。 华商踊跃参观新舰

新嘉坡华民生业，上焉者制轮船，屯货物，往来南洋、印度各岛，多者一家数十艘，少或三五艘。更有租地 新嘉坡华民生业

雇佣耕种者，气暖土肥，终岁常稔，皆积资巨万。中者租屋数间，设肆悬牌为坐贾。下焉者或佣工佃田，或受雇作伙，亦可自给。查其来此之由，或因亲及友，或赌博亡命，或案外逋逃。既来是间，即至会馆访问亲友。其有为人敦厚而有戚串往来者，则代揽行铺货物，包租轮艇运送，一次除煤水工资之外，或多羡馀；倘能诚笃相交，运往输来，猝成巨富。否则竭手足之力，亦不至受馁焉。凡华商轮船进口，例应将船牌送领事府查验，纳费洋银一大元，临行领牌起碇。此项牌费，由领事汇报星使，即将此款拨充领事经费，以省汇寄之烦。倘华商轮船日多，经费自可日裕矣。

暹罗华民百万之众

星坡距暹罗甚近，闻华民往其地者，纳身牌费洋银三元，满三年更换身牌，再纳三元。华民约有百万之众，在彼耕种贸易焉。

初三日　晴。早三零零四，晚三零零零。热，早八五，晚八一。气差偏东二度三十分。

启锚东行

辰初，督船有令，起锚。午初开行，双雁行阵。船微宕，向东行。午正，行五海里，英东一百零三度五十七分，纬北一度十六分。

湿气重易患腿肿病

昨阅新闻纸，记日本船中水手多病，皆先患腿肿，肿至腰际即不治，与我船之病故水勇、升火相似。因考得船中湿气重，南人皆食米，米最多湿气，致生此病，惟多食麦面，可免云云。

初四日　晴，风狂，早、晚三零零零。热，早、晚八

13,10,4

五。气差偏东二度三十五分。午正，行七洲洋二百十八海里，英东一百零七度二十二分，纬北二度九分。

船向东北行。时东北风，司令故取道小吕宋。南洋多岛，可借以蔽东北风也。船行宕摇，甚至三十度。

英国货币通行世界

昔由香港而西，今由直布罗陀而东，各处码头皆通行英国金、银币，法国之币次之，而各国之银币则杂见。至锡兰，则通用印度之卢比，每值英之先令二又十之五，犹墨西哥之鹰洋二之一，俗所谓足对开也。至新嘉坡，又增日本之小洋，值鹰洋十之一。而中国之银皆不通行，至于块金、金叶，尚可兑用，而各埠无定价，亏折殊甚，行旅苦之。

中国之银皆不通行

各国货币考略

〔各国金、银、铜、镍币考略〕按各国金、银、铜、镍各币，互有不同。法与义、比、瑞四国议约通行，墨西哥则亦广行。东南各埠，惟英币则所在皆通，盖所在皆有银行也，故最称便益焉。

英国

英吉利国，通行金、银、铜币。金凡三等：有值二十先令者，名曰镑；镑有值百先令、五十先令者。银凡四等：有值十二本士者，名曰先令；有值六本士及二十四本士、三十本士者。铜凡三等：本士其一也，有本士之半者，有本士四之一者。

德国

德意志国，通行金、银、镍三品币。银大拉值英三先令，伯雷门银行大拉值英三先六本，福庬林值英一先四本，马克值英一先三本；罕倍克银行马克值英一先六本。新马克九金一赤铜造，大者值英金一镑，小者值十之一。

镍币曰化宜，百化宜合一马克。

奥匈 奥斯马加国，通用金、银币。金曰喀郎，值英十五先。银曰禄鹿林，同德国。

荷兰 和兰国，通用银币曰结利特，约值英银一先八本；十二结利特值英金一镑。

法国 法兰西国，通用金、银、铜三品币。金曰罗衣士，化二十佛郎，值英金十六先。银曰佛郎，化百桑的，值英先令十之八。十桑的即一铜钱，为一数；十数为一佛郎，小钱半数即五桑的。与义、比、瑞三国通议行用。

意大利 义大利国，银币曰赖而，化百胜丁。二十五赖而值英金一镑。同法国。

瑞士 瑞士国，同法国。

丹麦 丹麦国，通用银币曰列司大拉，九列司大拉值英金一镑。

瑞典挪威 瑞典、挪威国，通用银币曰列司大拉，十八列司大拉值英金一镑，又大拉值英银四先六本。

俄国 俄罗斯国，通用银币曰罗卜，值英银两先七本，化百铜币。

西班牙 日斯巴尼亚国，通用银币三等：曰爱斯故度，十值英金一镑；曰而列啊，百值英金一镑；又有秘西笪，二十五值英金一镑。

葡萄牙 葡萄牙国，通用银币曰密勒，四密勒又十之五值英金一镑。

美利坚国、智利国、秘鲁国、墨西哥国、山萨弗道

13,10,4

国、乌拉乖国、杭度拉国通用银币曰秘琐，值英银四先令。尼加拉乖国、阿真定国、巴蒯国、科伦比亚国亦同。 美洲币制

喀纳塔国，通用秘琐，值英银四先二本。委内瑞拉国同。

考司塔里噶国，通用曰秘琐，值英银四先三本；又曰大拉，值英银四先。

告提抹拉国，通用曰秘琐，值英银四先三本士；又曰大拉，值英银四先。 告提抹拉（危地马拉）

玻利非亚国，通用曰秘琐，值英银四先；今则铜多，减值三先。

海地国、山度明哥国，银币曰哥而特，值英银三先。

土耳其国，金币曰赖而拉，值英银十八先；又曰毕阿斯得，百值赖而拉一。 土耳其

波斯国，银币曰鸡兰，同墨西哥秘琐；又曰托曼，值英银十先。 波斯

日本国，银币大者同墨西哥，值英银四先；又有十之一者。 日本

摩洛哥国，通用金、银币。金之大者，值英金三镑四先，又有对开、四开、十六开者。银曰孛兰脱，五十四枚值英金一镑。 摩洛哥

埃及国，通用金、银币：曰记司，值英金五镑；赛金，值英银五先。 埃及

西贡，通用铜钱二等。香港，通用铜钱一种，值中国制钱一。 西贡和香港

初五日　晴。东北风，大，早三零零八，晚三零零九。热，早、晚八二。气差偏东二度四十五分。午正，行七洲洋二百二十四海里，英东一百十度四十分，纬北四度零三分。

连日船行宕甚。下午酉初，督船忽向西南去，旗告：不要从，半时始返。

“何特忒”

〔附录新闻〕闻美国妇人何特氏创造一种胶皮，用以护战舰而御炮弹最佳，英、美国皆已考求而试之。乃以印度橡树皮制成，其质韧而有宽紧之性，不漏水，不泄气，名曰“何特忒”。其言有二利：一保护船艘，二补救触碰之损。验得炮弹洞穿后，暂有裂痕，旋即收紧复原，毫无罅漏；又弹入铁甲内，其孔之大有三寸，而外视仅有微迹，实无滴水可入。又造一救生船，样与寻常船式相同，遇险可以船顶作底，船底作面，独有不沉之功。又一船样，中间置气筒，令船往前钻行，亦佳。若以此胶护船艘，护炮台，护险要，均佳。

行七洲洋

初六日　早、午晴。东北风大，早三零零十；晚风，雷雨，二九零零。热，早八五，晚八一。气差偏东二度十五分。午正，行七洲洋二百十五海里，英东一百十三度二十四分，纬北五度十三分。

早，登望台晤正卿，知昨夜各船行阵，不在海图行船定线之上，是以终夜未寝。本日始指线行，约明日可合道。

〔附录新闻〕马克绥姆炮，新式也。前在伦敦时，曾有商人送图样至使署，复见新闻纸记：口径四十五迷而迈

13,10,6

脱，炮原定重不得逾百磅，必四分时开一千响。今验得炮重五十磅，四分时开一千响；又一炮三分二十五秒时开一千响；又一炮一分三十秒时开一千响；又一炮连开二千一百十五响，仅三分四十四秒时耳。运动便捷，莫此为甚矣。各国争相购制，该厂工匠日昃不遑。今在船中闲谈，知新闻纸又登奥国新造随身便用之联珠枪，重十八个几罗格拉姆，能于一分三十秒时开一千响，价需六千五百佛郎，以之防守，可减劲卒，该国已经试验云云。火器轻快至此，无以复加矣。

快速连发的新枪炮

初七日　晴。东北风大，早三零零零，晚三零零零。热，早八六，晚八四。气差一度。午正，行七洲洋二百三十五海里，英东一百十六度三十三分，纬北八度二十八分。连日风狂，船宕，未及守视测验铁差。

是晚，寅初过般鸟岛。前在大西洋、地中海时，各船多患腿肿病，出红海后，日见其少。前见新闻纸云，日本考得多食麦面可免，遂多备面食。数日来，果病者日愈。

食麦面可免腿肿病

官医杨姓，粤人，中医兼习西医者也。因与谈中西医道。蒙谓："中医讲理法，日蹈空虚；西医考证见，日有确据。

论中西医道

"曾在伦敦见医生博物院，凡肢体、脏腑各质，皆割置琉璃瓶，浸以酒，常如生。各分种类，每以千百计。莫不详书病由，使人一目可了。如一胞双胎、三胎、四胎，如何形象，亦各置数具。外增兽胞之三胎、四胎、五胎者，以备参考。至痧麻、痘疹、毒疮、癣疥之在肌肤者，则以蜡为人，敷以色，罩以玻璃，望之如生。门内设坐落一所，乃医生商榷疑难症候之所也。旁有高架，医书俱备，遇有辩论不决，即检书证之；又不决，则分证各形体，然后施治用药。至于所用器具大小，无虑千百种，微小如毛锥针铓，屈曲如喉镜肠筒，精妙不可思议，非万金不备。

中西制药之不同

“西药仍不外金石、草木、血肉各品，然必由化学体验明确，方准通行。制药时，尤必以化学器具验明，方配食服。非如我中国，自神农尝百草后，局方皆由医家以己意附会，杜撰无凭也。”于是，闻者皆痛诋时医草菅人命，谓今人体质与古不同，草木血肉与古亦异，未可以古方治今病也。

中药西药各有所用

蒙曰：“不然。外症、实症，定用西医；表症、虚症，定用中法。但审明病症，执用古方，勿用近方，斯可矣。盖古今同是人，即古今同此药，治法未尝不可同也。盖外症、实症，必用剖割裹扎、攻补泄泻，西法为精；至于表症、虚症，辨在幾微，变见顷刻，西药性猛而速，恐人不能任受。

中国古方切实可凭

“至于中国古方，乃古人体验而成，用法和缓，皆有切实可凭，非如庸医意谓杜撰。如《内经》、《难经》、《灵枢》、《素问》、《伤寒》、《金匮》诸书，精义入神，制方确实，后人各以私意注释，欲明反晦。倘能参详正文，考求真药，勿用似是而非之品，则挽回医道之一法也。

广设医生学校

更得严定药品，严禁伪药，严考医术，严惩庸医。广设医生学校，选二十岁以内之文理通顺者入学，肄业五年

13,10,7

为期。先授以《内经》诸书，使之先入，不致忘本；再备西医形体各图，使之考证；更备化学器具，使将中国药品分化；更证以古方，兼证以西药，并学习剖割裹扎之法。务使理法精通，方药明晰，症候确凿，方给文凭，准其行医施治。上达固可精益求精，下学亦不致误人身命，斯可登斯民于仁寿矣。"

座中有哂之，若不然中医之说者。蒙因谓："中西交济，不能偏废。今中医之误人，坏在酬应；病者之自误，坏在将就。酬应则医不必精，将就则药不必真。病者之死，医杀之，药亦杀之，古法未尝不良也。间有讲求医理，购觅真药者，尤患在知而未知，固执习见，遂致自误误人。何则今之专门名家，秘方百治百效者，试验确实也。倘得参以西法，将见中法驾而上之矣。"闻者皆唯唯。 中西交济不可偏废

初八日　辛卯，小雪。晴，东北风狂，早三零一零，晚三零零九。热，早八七，晚八六。气差偏东一度四十五分。午正，行七洲洋二百零三海里，英东一百十八度三十二分，纬北十一度十三分。

考西人风候图，西历十月至四月，纬北十四度以上，中国洋面无台飓。连日风狂，现行十一度以上，明日可出台飓界矣。 气象观测

〔附录寒暑、燥湿、风雨表说〕暑雨祁寒，为民情之本。故箕子陈畴以日月之行辨冬夏，必有良法致解愠负曝之效矣。泰西知酒与汞能与天气相感，因制寒暑、燥湿、风雨之表，以贸利于中夏，用者便之。

寒暑表

英制以三十二为冰度，五十五为和平度，七十五为温度，九十八为血热度，二百十二为水沸度。法制以百为水沸度，三十六又四之三为血热度，起数为冰度。盖英之三十二度为法起度，英五十度为法十度，英八十六度为法三十度也。寒暑虽由外而生，体气则各适其宜。如寒带之人不耐热，温带之人不耐寒。炎夏猝冷，决不至披裘；严寒骤热，决不至开襟。犹之气壮之人过九十八度，衰老之人不及九十八度，皆不为病也。然纬南极炎之地，有至英度一百二十者；船中轮机舱常有一百三十度左右；伦敦极寒之年，曾至起度下四十度——此又气之偏胜也。是为寒暑表。

燥湿表

若验燥湿，别以一寒暑表，使高于此表百之一，并列之下，用湿物裹汞，使常湿毋燥。则天气清朗，约低于寒暑表一二度；若与寒暑表平，则大雨立至；若高于寒暑表，久雨无疑；猝低猝高，狂风立至。

风雨表

其作风雨表法反是。以针标于外，针忽低，风雨立至；久低，阴；倏低倏高，台飓雷雨立至；久低久高，其地必广。

航海日志纳于海部

泰西官商航海日记所经，纳于海部，汇集列表，以历年常度为准，测得地球各方常年寒暑、风雨各表，绘为图，著为书。格致之学，莫不从事于此。今途中见日本制表甚多，但未见中国制造者焉。

初九日　晴，早三零零五，晚三零零六。热，早八七，晚八六。气差偏东一度二十分。午正，行七洲洋一百

13,10,9

七十三海里，英东一百二十度零一分五秒，纬北十三度四十二分。

午初，过名多，单鱼贯阵。酉初，过小吕宋之曼尼喇口外。自此船向西北行。

船中课程皆有常，经风雨寒暑，未尝或辍。行大洋中三阅月，督船传令不时，差操不一。凡身亲目击者则记之，外此不述焉。 船上操练风雨不辍

初十日　晴。东北风，早三零零五，申正风大，二九零零。热，早八四，晚八二。气差偏东一度二十分。午正，行南洋一百七十七海里，英东一百十九度二十八分，纬北十六度三十五分。

下午，风狂，船行宕甚。有仆人至前舱小解，被浪打倒，卧于炮架下，半刻始起。 浪打人倒

十一日　晴。风狂，早三零一二。热，早、晚八十。气差如昨。午正，行南洋九十九海里，英东一百十八度二十三分，纬北十七度五十三分。

寅正，登望台见鱼雷艇行驶甚稳。卯初，见督船令张一帆。鱼雷艇请速行，督船答之曰："汝能快甚好。我愿汝舒服，慢慢行。"巳初，令各船皆张一帆。未几，又加一帆。船行少稳，一小时轮转四十周。

十二日　晴。早三零一八，晚三零一五。暑，早、晚七七。气差偏东一度。午正，行南海一百零三海里，英东一百十七度二十三分，纬北十九度八分。

午刻，正饭间，忽一浪掀船突起，几上柈碗皆飞堕。 巨浪突起盘碗皆飞

予正取匙泡汤，匙与碗触几俱落。舟人惧行黄海，果然。自从出洋，往返二次，屡遇风台，未曾少餐一顿，今则欲食无从矣。

巳刻，鱼雷艇仍拖行。各船多患腿肿病，上攻至腰际即不治。行大海中病故者，即备棺，椎眼系石投海中，而“致远”尚无其人。今日，一升火危险已甚，同船均盼早到香港，以免掷海云。午正，距香港二百五十海里。

海葬

十三日　晴，早三零一六，晚三零一四。暑，早七八，晚七六。气差偏东一度。午正，行广东洋一百零二海里，英东一百十五度五十五分，纬北二十度二十分。船向西北行。

水手皆愿陆葬

升火一名患腿肿病，昨日上攻于腰，今早病故。水勇佥云：“统领吩咐，病故者，近岸处必葬于陆，毋投于海；如距岸远，则亦无可如何。今将至香港，咸代乞恩，毋投于海。”营务处商：若不报总理，则无此规矩；报则必令沉于海，将若之何？商之再四，报云：“日内可抵香港，病故升火一名，先行成殓。”督船不覆。亟令木匠备棺，收殓候令。

十四日　晴，风小，早三零一四，晚三零一五。暑，早、晚七十。气差同昨。午正，行广东洋九十四海里，英东一百十四度三十八分，纬北二十一度四十八分。

抵香港九龙关

近晚，抵香港口外九龙关下下碇。下午，考各国现有雷艇之数，就所知者列之于下：

怀脱厂代造雷艇之数：德国二百艘，法国二百艘，丹

13,10,14

各国雷艇之数

麦国五十艘，瑞典国五十艘，俄国五十艘。英国已仿造二百艘。葡萄牙国五十艘。意大利国购数艇为式，设厂自造。西班牙国在德厂定造一百艘。美国别有自制之一种水炮船。

德国什好厂自光绪三年至光绪十三年，代各国所造雷艇之数：俄国二十艘，德国六十艘，意国二十四艘，奥国五艘，土国五艘。英国乌里治官厂、雅乐厂皆造鱼雷及雷艇。此外英、法、德能造鱼雷、雷艇之厂尚多，未知其详。

西人技法不肯轻传

曩在伦敦时，福建船政局匠首陈和庆言：前任李星使驻德时，从刷此考甫学制鱼雷详法，刷此考甫至今悔之。盖西人得一秘法，不肯轻传。以星使之尊位、星使之交谊、星使之才识、星使之勤学，而又输以财货，始能得其底蕴，缺一则未必能成也。其中制炼磷铜之法，尤为不易得云。

十五日　晴，早三零一七，晚三零零八。暑，早六六，晚六七。

李鸿章谕

辰初，进口，寄碇香港对面油麻地之滨，各船相距五十码。时得丁军门电，知奉北洋大臣李谕，令新船在厦门过冻。予赍有缅约，未便随船逗遛过冬，因商之营务处邓参戎，进广东省禀商督宪、抚宪。

午正，赴“靖远”船告明进省之故，遂登岸探明省河轮艇开行时刻。入夜回船。

十六日　晴，早三零一七。温，早六十。

往广州请示赍约事

卯初起，将缅约敬谨检交营务处“致远”管驾邓参戎世昌，请验明封裹，收入舱内箱中。留仆人朱达看守行李，向邓参戎借水勇一名，同赴省城。走辞同船诸君，雇舢艇，携衣帽铺程轻装，登省河轮艇。未正，抵省，假馆河南漱珠桥冯宅。未几大雨。

张之洞办公不见客

十七日　雨。卯刻，至督辕禀见巡捕，覆以张制宪办公，今日不见客。因告以护送兵舰至港，开行无定期，因公进省禀见，不能久留，请再回明。巡捕覆以明日须早来。因至抚辕，当蒙传见，将护船未便擅离、赍约未便逗留情形请示。抚宪谕：明日见制军必有商量。

论古埃及象形文字

因询埃及古文有似中国蝌蚪文字，确否？答以曩在外国，见博物院皆有之。埃及古文，为泰西拉丁文字之祖。泰西今日文字，莫非象形谐声，象形或有相同，谐声则各国不一。曾在埃及波寨镇，购有埃及古石幢摄影全形，其上象形之字，多有与中国相同者。虽小，可以显微镜详视之，回船后当寄呈。

时已过午，雨下愈密，途多积水，不能往返亲友，亟回河南冯宅。

十八日　卯刻至督辕，时尚早，遂令轿夫购碗面早餐。未几，巡捕询护船委员到否，号房亟呈柬版。巳初进见，先询星使起居，又详询新船速率、行程、机器、船式、炮力、测度，思诒详细备陈。

与张之洞论海防

询现在海防宜如何办法。对云：“近来泰西各国，以雷艇保海疆，以坚舰巨炮备攻敌。如义大利三面环海，逼

13,10,18

处强邻，则兵船以大为贵；近制十九寸钢甲兵船一艘，上置一百十五吨巨炮二尊，即可巩固一方。今从外洋来，苏门搭腊、新嘉坡乃西来第一重门户也，宜制巨舰，有事则扼南洋之要道，使之不得前，既进不得归。”制军曰：“我海疆辽阔，设防较难，非如义国之蕞尔也。昨闻新船已到，不久即行。已派镇、道大小委员，乘轮前往看视，即可同船返港也。”因将来意请示制军，谕俟电请北洋大臣李示。

遵遂辞出，时已近午。亲友上院者知思诒来，皆在官厅候晤。既出，佥来问询。同里赵大令即邀至馆中午饭，并令移取行李。 亲友来晤

是晚，同乡公请于一品楼，佥询外洋海防如何。答曰：“曾访泰西各国，沿海地方，遇战设防，皆伏藏地雷、水雷，愈多愈慎。巨炮劲兵以守要地、防海口，而以雷艇助炮台、兵舰之不足，坚甲巨舰则以扼要道、封港口、断接济、截归路而已。至通商口岸，则与各国商民以公法共保之。惟制雷须加良法，藏雷须知药性，封口御敌须知敌船强弱，沿海设炮须知海滩深浅、港口大小，公保通商口岸须知各国商情，方能握奇制胜也。” 泰西海防要领

十九日　辰刻，赵大令自督辕返宅，出示北洋大臣李复电：“余委员先赍约由烟台进京。”并云“制军雅重长才，意甚殷眷，知镇道已乘轮赴港，特派‘广贞’兵轮送君返港，途中小心”等语。午后“广贞”管驾至，遂登船。酉初开行。

将见丁汝昌水勇欣欣相告

二十日　卯刻抵港，辞登“致远”船。适琅总理奉丁军门电函促赴厦门，于是船中佥欣欣相告云：“统领在厦门，吾辈不日见统领矣！”

张制军委员：船局总办候补道王葆辰（福建荔丹人），船局副总办郎中熊方柏（湖北三峰人），（补用）总兵抚标游击吴虞卿（镇江人），（尽先）游击督辕巡捕张虎臣（山西人），船局副办（尽先）都司蓝天祥（广东人）。

张之洞筹饷造军舰

巳刻，委员来船中，度量制造式样。云张制军现筹饷一百六十万，拟造十船，取名“广甲”、“广乙”、“广丙”、“广丁”、“广戊”、“广己”、“广庚”、“广辛”、“广壬”、“广癸”。已定四船，今拟仿照英制“致”、“靖”，德制“经”、“来”，各造二艘云。下午登岸，回拜各委员。

二十一日　晴，早三零三零，晚三零二六。温，早六二，晚六三。

巳刻，省城委员登舟绘画船式。

鸦片价目

查得本日新闻纸记洋药每箱价目：新公烟四百九十圆，旧公烟四百九十七圆五，新沽烟四百八十五圆，顶旧白皮五百六十圆，新白皮五百二十圆，旧白皮五百四十圆。

闻香港有人专收内地土药，至港掺和洋药出售。

鸦片投机

是晚，因访新闻馆人，与之纵谈。始知十年前，印度榷得洋药税英金九百二十五万三千八百五十九镑，是年印度出口洋药适亦九百二十五万三千八百五十九磅。是洋药

13,10,21

一磅，税金一镑；合中权十二两，税银四两五钱零；洋药二两，税银七钱五分也。又查印度十年前洋药一箱重一百四十磅，售英金六十镑，加以税金一百四十镑，合英金二百镑，合中银九百两零，运费、保险、进口税尚不在内。

今中国上海零沽，每鹰银一圆合中银不及七钱者，可购洋药二两，每箱止八百四十圆，合中银五百八十两，合英金一百零七镑；是成本几亏十之五，其利何在？且尚有 中国土产洋人贸利
减价之时。内地土药，每鹰洋一圆可购四两，每箱止四百二十圆，合中银不及三百两，合英金七十镑。是以洋药一掺土药五出售，每箱尚亏英金数镑；以洋药一搀土药九出售，可得利三分。是中国所谓白头鬼贩运洋药，直贩运土药八九、洋药一二而已。为今之计，宜速饬令布种收浆之户，一律报明地方官，就地征课，所经关卡加重税厘，务 应对国产鸦片加税
使土药之价与印度洋药售价相同，则数十年漏卮，不杜自绝。胡为乎以中国之土产为洋人贸利，而贻害我华人也？仰望筹国是者，俯采管见焉。

二十二日　晴，早三零三零，晚三零三二。温，早六八，晚六五。

本日香港华字报：进口轮船八艘，二十三日出口轮船四艘，二十四日出口轮船五艘，二十五日出口轮船已定二艘，二十六日出口轮船已定六艘。弹丸小岛，轮船之多如是。

查香港，一荒岛也。英人经营四十年，而市廛喧嚣， 香港免税
人烟稠密，一榻之地，月租数金。诘其何由，免税而已。

西洋之货，在西洋值十金者，香港只值五金，且有不及五金者。盖西洋各国之内，税敛繁苛，而香港皆无之。且中国各省出洋之货，昔年皆聚广东，而广东工艺制造极精，出洋之货尤多。澳门为明代以来洋商贸易之场。是以广州、澳门皆为洋商聚集之地。自香港设埠，广东百货皆聚于斯，洋商遂亦乐居其地。西人之在中国地方者，近年统计不及七千人，而香港则居十之六焉。

洋商聚集之地

1841年

谨按道光辛丑年，英吉利以鸦片案失和，犯粤垣，索赔费及香港。思诒先大父时知广州府事，力守北门，屡以“与地不如与金”白当道。四月初七日，事益亟，当道公札（十三颗印信公札，至今子孙世世收藏）令往敌船会议。英官义律以香港请，力拒之。许以兵费，成言而返，粤垣戒严。义律由是见黜于英。

事上廷议，仍主战。英人犯江浙，游逸直东海洋。或将许以香港，先大父即乞病去官。次年，成庙爱民息兵，准开海禁，英人始在香港设埠。四十年来，非复昔日之荒莽矣。故曾侯劼刚见先大父传志，曾题一律云：

香港被割

欹岸硼礳禹未收，弹丸千古寄荒陬。
忽归泡影三千界，顿比燕云十六州。
郁郁垂杨生左肘，幽幽寸草塞中喉。
当时若采先生语，羊豕投溪鳄远游。

曾纪泽诗

二十三日　丙午，大雪。晴，早三零二九，晚三零零一。温，早七五，晚七二。

是日，广省委员回省，缘制军有电谕，促之进省。于

13,10,23

是绘图者草草具稿，立即同行。当将埃及古字石幢摄影，托其带呈抚宪吴公焉。

考仓颉指事象形造字之后，竹帛相传，变更不一，历五帝三王之世，封泰山者七十二代，靡有从同，盖不自大小二篆生八分始矣。自晋迄今，体虽屡变，而形则皆同。今闻西人言，五洲之内，方言之有文字者，约计八百馀种。我中国则国书蒙古文、唐古忒文、回文、俄文，皆圣朝龙兴以来所习。至英文、法文、拉丁文、日耳曼文，乃近来所习；而和文、西班牙文、印度文，习之者尚无其人。诚以文字或有相同，语言百里各异，通之诚非易事也。

五洲文字八百馀种

英国耶稣教会广行海内，设会之处，必习其地方言文字。光绪十三年春间，单开英人在外传耶稣教者三千五百人，入会者二百五十万人，通其语言凡二百六十有七种，习其文字凡八十七体。大约俄文广行欧亚之北，回文广行亚西欧东以及阿北之地。至于拉丁文、西白拉文、希林尼文，亦广行于五洲之设教会地方。惟华文则通行亚洲东南万里之地，渐被尤广，非如泰西各国之千里各殊矣。

耶稣教会广行海内

泰西之教曰天主，曰耶稣，曰犹太，此三者随处皆有。美国行耶稣教于中国者二十八会，最小之会教士三十馀人。每年由美国总会输五万金，为中国教士经费焉。若法，若英，若德，若义，皆有教士在华，更不知若干人，若干费。其教堂必据形胜之地，其称述必诵上帝之恩，设义学，施医育婴，煦煦为仁，孑孑为义。愚民何知，从之

教会在中国

如鹜。甚或教以泰西语言文字，进教之人，竟有但知西文而不通华文者。夫景教流行，则自唐代；天主教始入中国，当在明时；耶稣教之行，不过数十年耳。

有心救时者，若不将五经四书广行宣讲，使智愚贤不肖身体而力行之，吾恐数百年后，五帝三王圣圣相传之道德，止士大夫知之，而愚民不知之矣！可不惧哉！可不惧哉！

泰西公牍法文为准

又查泰西公牍，历来皆以法文为准。自同治十年普胜法后，俄人改以德之日耳曼文为准矣。

二十四日　雨。早三零三二，晚三零二二。暑，早七六，晚七二。

寄碇香港十日矣。佥云："总理原定自锡兰七天至新嘉坡，息四天；又七天至香港，息五天；应二十三天。今自锡兰开行，至今已四十日。若各国公司船，不过二七期耳。"人怀归志，不无怨嗟。然印度洋、七洲洋其不能速行者，拖鱼雷艇故也，势也。住香港不能速开者，总理以厦门采买不便，一冬应用之物必在香港备齐，故而徐徐，亦情也。若总理之调度勤能，驾驶慎密，实可为海军之师资焉，未足以为过也。

人怀归志不无怨嗟

本日华字报记：现在各国兵船之在中国洋海者，英国二十六艘，俄国十一艘，法国九艘，德国三艘，奥国一艘，义国一艘，日斯巴尼亚国一艘，葡国五艘，美国六艘，共凡六十三艘云。

在华外舰六十三艘

二十五日　晴。早三零二五，晚三零二四。温，早六七，晚六四。

13,10,25

巳初，督船传令开行。巳正，出香港口，双雁行阵，船向北偏东行。

水师通礼

水师通礼：凡水师登岸，行必戎队，立必整齐。水勇遇各国水师官，皆摘帽傍立候过；水师官遇外国水师官，皆摘帽为礼。自英国至地中海登岸时，水师皆如礼相待。至埃及之波寨，其礼稍懈。至亚丁、锡兰登岸时，水师亦如礼。

乃至新嘉坡，而外国水勇见我水师官，竟不为礼焉。及次日，而我水勇之登岸者，见外国水师官，亦不为礼。其日偕四管驾登岸，适见放假水勇数十人结队前行，有回首见船主来者，并不通知傍立。营务处邓正卿立叱之，于是站道候过。今至香港，所见各国之兵，不特不能相见以礼，且行立皆不如在欧洲之守规矩焉。缅想古昔道路，男子由右，妇人由左，东从中央，其时之教化为不可复见矣！

教化为不可复见矣

二十六日　晴。早三零二四，晚三零二五。温，早六九，晚六六。气差偏西十分。

是日，风小浪大，船向北偏东行。辰正，距厦门九十海里。午正，距厦门四十八海里。申正过东定灯塔，改单鱼贯阵。

进金门

酉初三十分，进金门。岸上鸣炮三响，金门口内接鸣三响，知将抵厦门。遥见北洋各船，满挂彩旗；继闻“定远”舰中，军乐迭奏。是时，停泊在厦门者，“定远”、“镇远”、“济远”、“超勇”、“扬威”、“康济”、“威远”七舰，又南洋之“琛航”一艘。

时交酉正，下碇各舰之后，琅总理传令：放舢板。各船皆放舢艇。遥见丁军门从“定远”入舢艇，鼓棹来迎，琅总理及四船管驾急入舢艇往迎。予偕邓参戎同艇。未几，总理艇与军门艇同赴“靖远”船，四管驾从登“靖远”船进谒军门。未几，军门行，总理率四管驾送之登“定远”舰。予复进谒，并述奉北洋大臣李谕，先赍约进京。茶罢，偕正卿还“致远”船。

与邓世昌同艇往迎丁汝昌

凡同群水师，必有督船。督船他往，次者代统之。两船同阵，亦必有一船统率。督船必悬主将旗。若小队一群，见大队督船至，立即撤旗，放舢板登船进谒，此水师之通礼也。丁军门为北洋统领，凡在军门之次者，见督船自应撤旗。琅总理以恩赐提督衔，总理出洋接船事宜，今虽至厦门，尚未交船，故仍悬挂督旗焉。

二十七日　晴。大风终日，浪恶涌大。巳刻，丁军门来“致远”船答拜。午后，登岸偕正卿至银行小坐，访问日内并无船至上海。近晚回船。

厦门街道狭而湿，房屋矮而小，市肆稠密，户口寥落，海疆之僻地，是以然耳。是日，与骏卿、雅村谈：“不日离船，前日所谈潮流，尚未明了，请略覆按之。”于是检潮流图，参酌汇其说于后。

潮汐

〔潮汐撮要〕考潮汐乃日月吸力所引，故随日月为大小。朔则日月同在一方，吸力相合，其力猛，能吸水离地高起；望则地在日月之间，日月互有吸力，其力聚能束水附地高起；故朔望之潮汐大。上弦、下弦，日月相距成九

13,10,27

十度角，吸引之力分，故潮汐小。立春、立秋，日近于地，吸力大，潮汐亦大。冬日潮水小，夏日汐水大，皆宜随时详察之。

江河之通洋海者，其水有汛。而汛之远近，视水之高低为衡。盖江河之水较海面高者，则汛近；水较海面平者，其汛远。汛随潮汐为涨落远近，各处不同，有数十海里、数百海里者。英国太迷斯江，八十海里之内尚有汛。南墨洲亚马生河，六百馀海里之内亦有汛。潮汛之流，有一小时流一海里、二海里者；其大汛地方，有一小时流四十二海里者。北墨洲有小时流七十海里者。盖海面水涨，不过高三尺，而在狭处有一高二丈及十馀丈者。涨高者流必速，此乃定理。至江河上流雨水多，则水与水遇，各生阻力，必减速力；上流久旱水涸，则潮虽小，而流必倍速也。更有风之顺逆，潮汐因之不同。海图备详，行舟者当按图详查焉。 泰晤士河 亚马逊河

二十八日 晴。风息浪平。午刻移船，“定远”先进港口，距山五十码下碇，次即“来远”、“济远”、“康济”三舰；“镇远”距左山约五十码下碇，次即“扬威”、“靖远”、“致远”、“威远”、“超勇”、“经远”六舰。入晚，军门邀至“定远”饭。酉正，偕正卿同往。致、靖、经、来四管驾皆至。军门手执名单，口询情形，不半时，将四船各执事商派妥贴。戌初，琅总理来，遂入座。同席琅总理，致、靖、经、来四管驾，洋翻译夏立士及“镇远”管驾兼营务处林开士、“定远”管驾刘子香。亥刻回 丁汝昌请饭

“致远”。

二十九日　晴。早，雇舢板赴各船辞行。甫至“靖远”话别，候琅总理不至，而“致远”遣舢板来迎，云军门送“利生”船票至，下午申正开，须早送行李登船。急棹舟至“定远”见丁军门，申明并无经手未完事件。遂返“致远”，清检行李，登小轮艇至“利生”船。时值未正，同船诸君皆来送别。相处百馀日，临歧握手，倍觉依依。申正，“利生”开驶出港，向北偏东行。

三十日　晴。大风终日，船行宕而颠。

十一月初一日　甲寅，晴。风仍狂。往来中国洋商轮船，除规条外，行程皆无牌示。客商例不得入船主、大副之房，又不得至望台。是以风雨、寒暑、铁差、气差、行程、经纬各度，皆不得知，惟闷坐而已。

抵上海

初二日　晴。午正，见上海吴淞口炮台迤逦，营垒坚整，帆樯往来，房屋栉比，不觉神怡心稳。未正，停轮虹口。有大方栈接客之伙来船招客，遂雇小船一只，检运行李，至三洋泾桥大方栈宿焉。时已酉正矣。访知日内无往烟台之船。

初三日　晴。巳刻进城，至道署谒龚仰蘧观察，并访徐子静。回寓，知初七日有“普济”船往烟台。

是日发各处电禀：

发往各处电报

出使大臣刘：十月二十六日护船至厦，与丁镇合阵。李相谕，先赍约由烟进京。

总理衙门总办：诒奉芝使委，护船内渡，赍约进

13,11,3

京。十月二十六日护船至厦，与丁镇合阵。奉李相谕，先赍约由烟进京，请代禀责署堂台。

北洋大臣李：十月二十六日护船至厦，与丁镇合阵，遵谕由烟进京。 给李鸿章张之洞

两广督宪张：二十六日护船至厦，与丁镇合阵，赍约至沪，由烟进京。

是日，表弟陈燮卿（名）爔唐，新科工部主事也，时偕同三人伴，奉旨出洋游历英、法并阿耳及耳、印度等处，已定德公司船舱位，初八日开行。备告出洋应备衣物、船中起居各情形。

初四日　晴。龚观察邀密采里法商客寓晚饭。

乡里戚友知予将归，有在沪上守候者。少长咸集，相逢握手，其乐倍增。

或问："欧洲各国，莫不贷债，多者累至数万兆，其不筑避债台者，果操何术欤？"答曰："欧洲各国将有兴作，先计利害。苟利多害少，则国家防其害，而商民沾其利。又必计其利之所入，按若干时工竣，若干年摊利，若干年归本，若干年倍利于本。于是，集股则商民踊跃，贷债则子母盈馀。是以贷者、受者，交相获益。人但见其费之多，殊不知其利之长也。盖贷债而作无益之举，犹纨袴子弟贷债游乐怠惰，必日趋于穷；贷债而兴大利之端，犹富商大贾受存公项巨款，定日增其利。此可一言而决也，虽千万兆，奚害于国哉？" 与乡里戚友谈欧洲 集股兴业

或问："欧洲机器日多，制造日增，不夺其民生业

市场竞争

乎?”答曰:“否。夺别国人生业,增本国人生业耳。假如我中国喜用何物,各国必是则是效,直夺我民生业而已。我诚能侦其所喜者,而是则是效之,则可夺其生业矣。”问:“何以知其所喜,而则效之?”答曰:“此欧洲各国之所以必设商部,必设赛会也。有商部,则可核各省各县之土产而流通之,可考各国各商之贩运而利导之。又设赛会厂,而品评其甲乙,使各省工商互相观摩,互相效法,精益求精,庶商务可操奇计赢也。”

中国丝茶日渐滞销

或问:“欧洲以我丝茶为贵品,有之乎?”答曰:“然今则否矣!恐不及十年,丝茶出口几希矣!尝在英国饮印度茶后,即觉中国茶淡而无味,不仅如普洱茶之于龙井也。英国力筹畅销印度货,而印度茶味厚于中国之茶,此可决中国茶之不能久操利权也。泰西之伦敦、巴黎,繁华地也。曩日过其市间,见陈设中国绸缎多种。越时过之,仍如故。盖由华出洋,色已不鲜,而法国绸缎则色艳而价亦廉,孰不舍华产而购法产耶?且近年义大利、印度、日本竭力讲求,产丝日佳,又可决中国丝之不能久操利权矣。”

或问:“学操英语,可环游地球,有之乎?”答曰:“然。英国于五洲繁盛地方,广设商埠,广设教堂,故各埠皆通英语,然不过酬应函牍通行语言文字而已。至于学问之道,非入塾肄业,深造有得,不能道其只字。假如甲乙二人,同在化学塾中数年,既而甲入地学塾,乙入医学塾,越数年谈论学问,彼此各不能通。盖同源而异流,决

翻译之才不可求全

13,11,4

不相涉也。故翻译之才，苟有偏长，即堪任使，决不可求全责备于一人也。”

或曰：“我中国权量，部定库平、二两平外，又有关平、漕平、湘平、规平，更有市平、广平、津平、公议平、老广平各种平；部定漕斛外，又有各处之大斗、小斗各种斗；部定营造尺外，又有裁尺、海尺、广尺、布尺、绸尺各种尺；几于各省不同，各县不一。欧洲一国数十邦，其权量何如？”答曰：“泰西千里不同国，国有定制，不能同也。《虞书》云：‘五年一巡狩，同律度量衡。’唐虞之世，是则同。” 关于度量衡

或曰：“我中国丁口繁庶，化行俗美，冠于五洲。然游民满目，游勇散居，水旱偏灾之处，人民流离，议赈议蠲，岁不能免。欧洲固如是乎？”答曰：“欧洲轮车行陆，轮船行水，货物畅通，不患灾祲而患游惰，故立法不准空手取人钱财。学校遍于国中，男女及岁，必娴一艺一技，即佣仆亦必出自学堂。各项工值，由官论定，务使一日工作，可赢三日之食。故有惰民而无游民，有莠民而无饥民。故孟子汲汲以庠序学校为言，盖慨战国时之人民失教也。” 佣仆亦必出自学堂

初六日　晴。购“普济”船票，运行李上船。而“普济”以时届寒冬，无货装运，改初九日开行。仍还大方栈。

初八日　辛酉，冬至。巳刻，送陈夔卿主事等四人登德公司船。

登“普济”船北上

初九日　早发行李至“普济”，晚登船。

初十日　卯刻开行，船中仍无货物，客亦寥寥，船行颇宕。

十一日　早晴，下午大雪。寄碇成山东南湾内，遥见石岛村舍。入夜，湿云欲散，月色依稀，远岛近山，不啻琼楼玉宇。置身此间，浑忘寒冷，惜无暖室围炉，羊羔美酒一赏耳。夜半雪止，船开行。

到烟台

十二日　辰刻抵烟台，寓大兴栈。巳刻，即进道署，谒盛观察。备询外洋风景、制造商务，且云：“赍约进京，途中宜慎。当为备文，知照登莱青属邑派差护送。”是晚又雪。于是连日大雪，道无行人。

十四日　冒雪至道署午饭。雇轴子两乘，并妥实长夫二名照料行李。拟冒雪遄行，而脚夫必晴霁乃行。

冒雪登程

十六日　早起仍雪，脚夫不肯行。下午，装行李冒雪登程，行三十里，宿坡子，距福山县城六里。

十七日　雪飞如絮，沟浍皆盈，道迷不得行。中饭罢，始登程。行三十里，宿鼓县。时方未刻，牲驼足滑，不能前进，因投宿。右腕手背受冻，孪起筋瘤，大如栗，不痛不痒。

十八日　早，风雪交加。尖恭家庄，宿新店，黄县境。

十九日　晴。尖黄县，遇盛朴仁丈赴汴办理电线工程，同寓一店，遂定同行。县中送席，力辞之。雇双套轿车二辆，即刻装车。

13,11,19

或问于予曰："海军一船之费数十万，一坞之费数百万，外国固如是乎?"答曰："请问坞之为用若何?"客曰："修船而已。"答曰："此其一耳。请详言之，可乎?"客曰："愿闻。""外国有船必有坞，有坞必有厂，所谓兵船埠是矣。若可修船、造船，而不能藏船者，谓之厂；可藏船、修船，而不能造船者，谓之坞。若商家所设，亦可修船、造船、藏船，而有事时，无兵力可保险，有公法当共守。是以各国争建兵船埠，为水师之根本焉。

船厂船坞兵船埠

"英国兵船埠本国三岛十有二，印度三，澳大利亚西南三，加拿大东四西一。法国兵船埠北疆三，南疆一。俄国兵船埠北疆三，南疆三。德国兵船埠一。丹麦国兵船埠一。比利时国兵船埠一。和兰国兵船埠一。日斯巴尼亚国兵船埠本国一，古巴一。葡萄牙国兵船埠二。奥斯马加国兵船埠二。义大利国兵船埠三。希腊国兵船埠一。土耳其国兵船埠三。美国兵船埠东六，东北一。墨西哥国兵船埠一。巴西国兵船埠一。柯仑比亚国兵船埠一。

世界各国兵船埠

"各国兵船埠之可考者，已如是。夫兵船埠者，可以修船，可以造船，可以藏船，可以安居水师官弁勇丁，可以聚集商股工役。一船之费，一坞之费，其末也。且海军以船坞为室家，故必陆通腹地，水通外洋；以海澳为城郭，故必外山环抱，内水畅深；以巨舰为老营，故甲必坚，炮必巨，使敌不可犯，不敢近；以快船为冲锋，故必行驶如飞，使敌不及防，不能追；以雷艇为奇兵，故必来去无踪，使敌不及觉，不得见。外此各船，用以备转输、

安居水师聚集商股

明屯煤粮暗屯军火

递文报、供接应、侦探而已。以通商公埠为粮台，故明屯煤粮，暗屯军火，必处处有接济，庶步步可为营。然宜慎防公法局外禁制，尤以自立一埠为贵。此大较也。

“英国水师，分二年为一班，故二船必有一坞。别国有以三之一、四之一更代者，则三船、四船必有一坞也，明矣。各国兵船埠，不特水师咸集，而陆师亦必联络屯布，是以进退绰绰，出入自如；不特本埠之船可以入坞，且必备别埠之船亦可入坞，不特战阵之船可以入坞，且必备商贾之船亦可入坞，方昭周密。

水陆联络屯布

朴次茅斯海军基地

“曾见英国兵船埠，其坞在伦敦南海大港之内，外达大洋，陆通铁道，港对卫而司岛。港口左右，炮台迤逦；海中要地，则设铁炮堡四、石炮堡二，分列卫而司左右，堡从海底筑基，炮路皆成交道。坞可藏船数十，坞后即船厂，材用俱备，周行十馀里仅见十之二三，储度得法，条理分明。故修船、造船，则取材鸠工，顷刻集事；藏船，则敌不得近。他国之兵船埠，其巩固未必如英，然必效法于英也可知。夫兵船埠所以藏船，船包固三十年者，有坞可作五十年用。且坞多船多，国之福也，费虽大，庸何伤?”

继续北进

二十日　晴，西北风狂。丑刻登程，尖黄山馆，宿朱桥，涞县境也。夜与朴翁谈甚畅。

二十一日　晴，西北风。丑正行，尖十里铺，宿灰埠，平度州境也。朴翁于此分道。

二十二日　晴。丑正行，尖山下，渡河五里即至店。待渡者甚多，渡夫勒索行旅，甚恶劣。寒亭距潍县二十

13,11,23

里，时在冬令，宵小出没无常，店家嘱勿早行。

二十三日　晴，西北风狂。丙子，小寒节。寅正行，尖道亭，宿寿光县北关。

二十四日　晴，风仍西北。寅初行，尖冯家道口，宿草桥。

二十五日　晴。寅正行，尖蒲台北门外。尖后过河，宿郎中河，滨州境。

二十六日　阴。卯初行三十旦，渡黄河，又渡桑郎河，尖带子店，宿板登营，距庆云县二十里。自烟台起程至此，途中安静，道署虽行文属邑，并未派差，亦未知照，幸前途皆有练勇护送矣。 渡黄河

二十七日　晴，西北风大。寅初行八十里，尖盐山县西关，行五十里宿旧沧州。沿途有勇护送行李，莫不称便。

二十八日　晴，风仍大。寅初行四十里，新沧州渡运河，至杜陵尖，南距青县二十里，行六十里宿沙河，距巡检署二十里。 过运河

二十九日　晴，风仍狂。寅初行五十里，尖河间府西关；又行五十里，宿高阳桥，距县城十八里。

十二月初一日　晴。寅正行，午正抵保定省城。时值北洋大臣李驻省，当肃衣冠晋谒。蒙传见，备询兵舰行程、各埠官商接待情形，因据实详陈，即辞赴都。 保定谒见李鸿章

初二日　晴。寅正行，时值隆冬，沿途皆有练军梭巡，道途安静。因兼程前进，行五十里，尖安肃县；又行

七十里，定兴宿。

初三日　晴。丑正，行七十里，涿州尖；又行七十里，良乡县宿。

初四日　晴。丑正，行七十里，巳刻抵京。在西珠市口客寓少息盥沐，雇车赍约至总理衙门。先请总办回堂，继而带见堂台，呈明约章，谨俟启匣检阅毕，回明销差，并请电知刘星使。皆允之。孙堂问："曾见游历各员否?"答："在上海时，曾送陈主事等四人上德公司船。"因回明仍出京护送新船北上，辞出，回寓卸装。

至总理衙门销差

曩在伦敦，以俸薪所入，陆续购得东半球诸海图：北至北冰洋，南至赤道，南东至日本，西至波斯，包印度全疆、麻六甲南洋各岛、俄罗斯、朝鲜、琉球、越南、暹罗、缅甸各海疆及中国全疆，并各种测量器具。日久盈箧，见者多讪笑之。今日发箧陈图，差堪自喜。既思译刻无资，收藏饱蠹，归装羞涩，避债无台，始信讪笑者之阅历深矣。

在英所购各种海图

初五日　晴。清晨，至醇亲王邸第，回明护船至厦门，与丁军门合阵，赍约交总理衙门，仍出京迎护新船北上。管家大臣传谕：本要传见详问情形，因欠安，不见客。并谕：见李中堂时，代爷请安。

醇亲王欠安不见

复至庆郡王邸第回明。王询："海洋宽大，不怕风涛否?"答曰："出洋时在海中四十天，此次在大洋中四个月。海洋虽大，有心报效，不敢害怕。"王问："外国兵船多否?"答曰："多而且大。英国船最多，沿海各埠皆

庆郡王问海外情形

13,12,5

有之。又有中等国名义大利，现造极大兵船，钢甲厚十九寸，上配一百十五吨大炮两尊，此西洋现在极大之船也。”

初六日　晴。清晨，至曾侯第。侯云：“君昔在英国，曾言考证一番即回，今所考证者，果何若耶?”答曰：“昔在外国，曾对侯爷云，一路将十三经寻绎一遍，过后甚悔失言。以《易经》虽有悟会，尚无着落耳。”侯曰：“今必有着落矣，愿闻着落在何处。”答曰：“在罗经。”侯问如何，答曰：“罗经四正四维，分为八方八卦也。罗经有本差、铁差、气差，是即刚柔相摩，八卦相荡。鼓之以雷霆，润之以风雨，日月运行，一寒一暑也，后天也。指南针之为物，北吸南，南吸北，北不吸北，南不吸南，其中何物而能如是？是即天地定位，山泽通气，雷风相薄，水火不相射，八卦相错也，先天也。”侯云：“电学中有说指南针者，所见实有至理，恐解人难得耳。” 谒曾纪泽

遂留便饭，详询沿途情形。当将直布罗陀及亚丁设防疏密情形述之。侯云：“设防固应因地制宜也，惜我中国经费难筹，将如之何?”答曰：“谨守定章，似无法可以筹饷。但能振兴工艺，免出口之税，使出口之货多，则钞关之税可日赢；增进口之税，则海关之税可日赢；迁无业之民，置不耕之地，则粮赋可日赢，此就谨守成法立论。倘能以十三经纂入大清律例，无则增之，异则改之，则士大夫读书不必读律。且可增若许山林薮泽之利。中国地大物博，愿侯爷加意焉。”侯然之。辞回，即肃禀见出洋大 “且可”句似应接“日赢”后

臣刘，并销赍约差。

是月二十二日　晴。赴总理衙门回明：二十五日起程，迎护新船北上。即辞出京。都下知交，相逢道故，欢逾寻常，佥曰："子好西学，今从海外归来，洋务必有把握。愿有以教。"答之曰："所谓西学，乃实学也。若仅西方之学，而非实在之学，圣朝将焉用之？所谓洋务，乃时务耳。以为外洋之务，而非及时之务，此要政之所以不得畅行也。"

西学洋务皆须求实

或又曰："万里之行，古今所壮。子往返十万里，周历十馀国，耗费若干金，究有何得？"答之曰："阅历根于学问，胸无所有，又何心得？惟有一联请正，联曰：'嚼碎十三经，按圣学中格致诚正修齐治平，这般这般认真做去；放倒廿四史，把地球上强弱兴衰因革损益，一国一国子细勘来。'"

客有问予曰："海防经费浩大，外国固如是乎？"答之曰："然，殆有甚焉。一船之费千馀万，一台之费数千万，一炮之费数百万。年年增新，月月改旧，一年不止增一船一炮，必增多船多炮。非但一国增船增炮，各国莫不增船增炮。非但强大之国增船增炮，弱小之国亦莫不增船增炮。"语未竟，客讶曰："其信然耶？"

各国海防经费浩大

徐应之曰："此非一人之私言，五大洲当共知之。昔在伦敦，凡各国之坚舰巨炮在英厂造者，必请我星使及各国公使、英国海部兵部各员并谙练制造者，至厂试验落成。先期登新闻纸，布告各国；试验后，又登新闻纸。凡

欧洲舰炮落成仪式

13,12,22

式样如何、速率如何、吨位如何、炮力如何、及远如何、若者未便、若者新式、若者不及某厂、若者胜于某厂，与议者、讪者辩论必多次。盍购新闻纸常阅之？然有一快意事，子乐闻乎？”客曰：“愿闻。”

“我四舰之东来也，当在新嘉坡，则华商千百成群，（中国日强亚细亚幸矣）欣欣相告，登船游观，正日喧阗，莫不额手称庆。此在华人也，理应然。当在锡兰也，土人亦环海纵观，欣欣相告曰：‘中国吾同教之国也，兵舰过此多矣，日益强矣，亚西亚幸矣。’莫不遮道欢迎，举手祝贺。此在邻境也，有然。当在英之南海也，见我龙旗船来，炮台鸣炮申敬，相率来观者，士女如云。女则扬巾，男则脱帽，举手欢呼：‘克欧罗，克欧罗！’克欧罗者，译音‘无美不臻，皆大欢喜’，犹之五福九如俱备也。而在外国也，又有然。”于是客曰：“我武维扬，邦家之光。敬闻命矣。”

光绪十四年三月十五日　“致远”、“靖远”、“经（四新舰驶抵天津）远”、“来远”四新舰与北洋海军各兵舰同阵，驶抵天津大沽口沙外下碇。

二十五日　晴。会办海军大臣李出洋，巡视北洋旅顺、大连湾、威海卫等处海防，谕思诒随节出海，祗候勘验新舰。未刻，太子太傅大学士直隶总督会办海军大臣北（李鸿章出洋巡视）洋通商大臣一等肃毅伯李，暖帽行装出辕，至水师营务处茶座，登“快马”轮艇。

幕府于部郎（名）式枚，幕府张孝廉（名）孝谦，幕（随同出巡人员名单）府程学博（名）佐衡，盛军总统周军门（名）盛传，津海关道周观察（名）馥，旅顺工程总办刘观察（名）含芳，工程帮办罗中书（名）臻禄，军械所总办张观察（名）席珍，亲兵前营统领王都戎（名）得胜，阿模士庄厂英商温德，克罗伯厂德商贝德格，各员分坐“快马”、“铁龙”一号、二号四轮艇，随节启行。马步炮各营将弁率勇，沿途站队恭迎。旌旆飞扬，枪炮之声，隆隆百十里。酉正，驻节大沽。思诒从周观察至大沽协营中宿。

李鸿章乘“定远”往旅顺检阅

二十六日　晴。爵相乘小艇巡视营垒、炮台毕，复登“快马”船出海，乘“定远”兵舰按临旅顺，周观察从。幕府于、张、程三君及周军门、刘观察乘“镇远”兵舰，罗观察昆仲、英商温德乘“靖远”，张观察、王都戎、德商贝德格乘“经远”，思诒仍至“致远”。未正，全军各舰由沙外起碇开轮。

二十七日　晴。辰正，抵旅顺。爵相驻节行台。巳初，接见中外官员。巳正起节，至宋营午膳。申刻，按临操场。酉正，勘视新造未竣之大船坞，宋军门从。夜，各船放电光巡灯。是晚，思诒从幕府宿行台。

勘验新船视察炮台

二十八日　晴。辰正，祗侍爵相出行辕，按临西澳，勘验“致远”、“靖远”、“经远”、“来远”四新快船、新雷艇。午初，按临雷桥，视放鱼雷三尾。午后，按临鱼雷营午膳。申初，按临馒头山炮台、城头山炮台。申正，按临蛮子营炮台。酉初，按临威远炮台。酉正，度澳回行台。夜，各船又放电光巡灯。

检查火药库

二十九日　晴。辰正，祗侍爵相出行辕，由白玉山西

14,3,29

小码头坐小轮车，行小铁道，按临棉药库、水师药库、陆师子弹库、元葆房水师子弹库，乘舆按临教场沟陆师药库。午后，按临崂嵂嘴炮台午膳。申初，按临黄金山炮台。酉正，回行台。

三十日　晴。辰正，袛侍爵相出行辕，登"定远"兵舰，按临大连湾口外，试"致远"、"靖远"、"经远"、"来远"速率。午正，在船午膳。申正，驶抵柳树屯登岸，工程局接见各员毕，勘视和尚岛三炮台基。酉正，驻工程局。思诒从幕府宿"镇远"。 大连湾试新船速率

四月初一日　晴。巳初，袛侍爵相阅视鱼雷船操阵毕，乘"遇顺"小轮船勘视老龙头、黄山两炮台基，回"定远"午膳。申初，按临大崮山一带海澳，回"定远"晚膳。酉正开行，按临威海卫。思诒仍在"致远"船中。

初二日　晴。抵威海。嵩武军统领孙军门、东海关道盛观察来迎。思诒袛侍爵相登岸，驻金线顶。接见各员毕，午膳。未刻，勘视祭祀台、北山嘴两处炮台基。夜，驻节金线顶。各船放电光巡灯。思诒至"致远"船宿。 抵威海卫

初三日　晴。辰正，袛侍爵相乘小轮艇勘视刘公岛南北炮台基、日岛炮台基，又勘视赵北嘴、龙庙嘴各炮台基。至刘营午膳。申正，驻节刘营。思诒仍从幕府宿刘营。 勘视刘公岛各炮台

初四日　晴。辰刻，爵相登"定远"兵舰，开向烟台，沿途阅视海军操阵。过崆峒礁，各船迭开巨炮击之。炮弹所及，石破天惊。过烟台未下碇。是日，思诒袛送爵 过烟台

相后，仍登“致远”船中。

初五日　晴。卯刻，过登州。宋军门登岸。

返大沽口

初六日　晴。辰刻，“定远”率北洋各兵舰驶抵大沽口外下碇。爵相乘“快马”轮艇进大沽口，而狂飙猝起，波涛翻腾，小轮艇不能出海。思诒仍住“致远”船中。是日下午，爵相节旋。

初七日　晴。风仍狂，早二九零八。温，早七二。辰刻，有小轮艇来，登之，进大沽口，至天津，寓电报学堂。

留津听候差委

初八日　晴。具禀销护船差，请咨回英国伦敦使署当差。旋奉北洋大臣李批：“北洋事机繁剧，着留津听候差委等因。”遵即具禀：“请以验收新船之日，作为开去出洋差使日期。恭候出使大臣刘批示祇遵。”

余思诒楼船日记

人名索引

五画

六画

八画

十二画

十三画

十四画

十六画

余思诒楼船日记

译名简释

二画

力士本

Lisbon，里斯本

三画

山度明哥

Santo Domingo，圣多明各

山萨弗道

El Salvador，萨尔瓦多

义此麦尼亚

Ismailia，伊斯梅利亚

义国

Italy，意大利

卫而司

Wales，威尔士

四画

天方教

伊斯兰教

支岛

Gibraltar，直布罗陀

太迷斯河

River Thames，泰晤士河

日此麦尼亚

Ismailia，伊斯梅利亚

日斯巴尼亚

Spain，西班牙

毛尔塔

Malta，马耳他

乌拉乖

Uruguay，乌拉圭

巴蒯

Paraguay，巴拉圭

五画

本士

pence，便士

卡土姆

Khartoum，喀土穆

甲必丹

Kapitan，侨领

生的

Centime，分

必司沟、必斯沟

Bay of Biscay，比斯开湾

司泰盛

Station

尼加拉乖

Nicaragua，尼加拉瓜

尼耳江

Nile，尼罗河

六画

吉的阿娄、吉的厄娄、吉迭阿娄巨浸

Bahía de Algeciras，直布罗陀湾

考司塔里噶

Costa Rica，哥斯达黎加

亚马孙河

Amazon River，亚马逊河

西白拉文

Sabra，希伯来文

西卑里亚

Siberia，西伯利亚

迈当

meter

七画

苏以士

Suez Canal，苏伊士

巫来由

Malaya，马来亚

告提抹拉

Guatemala，危地马拉

希林尼文

Hellenic，希腊文

阿克姆

Aram，阿莱姆

阿非利加洲、阿洲

Africa，非洲

阿掌丁、阿真定

Argentina，阿根廷

阿模士庄

Armstrong

努比阿

Nubia，努比亚

纽卡司

Newcastle，纽卡斯尔

纽锡兰

New Zealand，新西兰

八画

杭杜拉

Honduras，洪都拉斯

抱士穆德

Portsmouth，朴茨茅斯

罗卜

Ruble 卢布

和国、和兰

Holland，荷兰

波寨

Port Said，塞得港

居比路岛

Cyprus，塞浦路斯

九画

玻利非亚

Bolivia，玻利维亚

科伦比亚、柯仑比亚

Colombia，哥伦比亚

科郎埠

Colombo，科伦坡

派利文字

pali，巴利文

十画

班山角

本埃萨角

格灵宜智天文台

Royal Greenwich Observatory，格林威治天文台

十一画

曼尼拉

Manila，马尼拉

密里

millimetre，毫米

十二画

塔姆萨湖

Lake Timsah，提姆萨赫湖

棓林

Perim Island，丕林岛

温则宫

Windsor Castle，温莎宫

十三画

满萨磊次

Lake Manzala，曼札拉湖

十四画

嘎地嘎德

Golfo de Cádiz，加的斯湾

十五画

墨洲

America，美洲

走向世界丛书一百种

初编三十五种以＊标出

谢清高 **海录**
＊ 容　闳 **西学东渐记**
＊ 林　鍼 **西海纪游草**
＊ 罗　森 **日本日记**
＊ 斌　椿 **乘槎笔记**
＊ 张德彝 **航海述奇**
＊ 王　韬 **漫游随录**
＊ 志　刚 **初使泰西记**
＊ 张德彝 **再述奇**（欧美环游记）
＊ 张德彝 **三述奇**（随使法国记）
王　芝 **海客日谈**
＊ 祁兆熙 **游美洲日记**
＊ 李　圭 **环游地球新录**
＊ 郭嵩焘 **伦敦与巴黎日记**
＊ 张德彝 **四述奇**（随使英俄记）
＊ 黎庶昌 **西洋杂志**
＊ 刘锡鸿 **英轺私记**
李凤苞 **使德日记**
钱德培 **欧游随笔**
＊ 何如璋 **使东述略及杂咏**
＊ 张斯桂 **使东诗录**
黄遵宪 **日本国志**
＊ 黄遵宪 **日本杂事诗**〔广注〕
陈兰彬 **使美纪略**
＊ 曾纪泽 **出使英法俄国日记**
＊ 王　韬 **扶桑游记**
＊ 徐建寅 **欧游杂录**
谭乾初 **古巴杂记**
王之春 **谈瀛录**
＊ 李筱圃 **日本纪游**
池仲佑 **西行日记**
蔡　钧 **出洋琐记**
袁祖志 **瀛海采问纪实**
张祖翼 **伦敦竹枝词**
王以宣 **法京纪事诗**
潘飞声 **西海纪行卷**
潘飞声 **柏林竹枝词**
潘飞声 **天外归槎录**
张荫桓 **三洲日记**
邹代钧 **西征纪程**
王咏霓 **道西斋日记**
张元济 **环游谈荟**
余思诒 **楼船日记**
缪祐孙 **俄游汇编**
张德彝 **五述奇**
＊ 傅云龙 **游历日本图经馀记**
傅云龙 **游历美加等国图经馀记**
洪　勋 **游历闻见录**
崔国因 **出使美日秘国日记**
＊ 薛福成 **出使英法义比四国日记**
＊ 薛福成 **出使日记续刻**
陈道华 **日京竹枝词**

严　修 **东游日记**
姚鹏图 **扶桑百八吟**
凤　凌 **游馀仅志**
* 黄庆澄 **东游日记**
吴宗濂 **随轺笔记**
宋育仁 **泰西各国采风记**
王之春 **使俄草**
伍廷芳 **美国视察记**
* 蔡尔康等 **李鸿章历聘欧美记**
张德彝 **六述奇**
刘学询 **考察商务日记**
黄　璟 **考察农务日记**
罗振玉 **扶桑两月记**
罗振玉 **扶桑再游记**
丁鸿臣 **东瀛阅操日记**
沈翊清 **东游日记**
* 梁启超 **新大陆游记**
张德彝 **八述奇**
载　振 **英轺日记**
吴汝纶 **东游丛录**
双　寿 **东瀛小识**
缪荃孙 **日游汇编**
周学熙 **东游日记**
* 单士厘 **癸卯旅行记**
凌文渊 **籥盦东游日记**
张　謇 **癸卯东游日记**
蒋　煦 **西游日记**
王景禧 **日游笔记**
陈　琪 **环游日记**
* 康有为 **意大利游记**
康有为 **德意志等国游记**
康有为 **英国游记**
* 康有为 **法兰西游记**
韩国钧 **实业界之九十日**
李濬之 **东隅琐记**
盛宣怀 **愚斋东游日记**
* 戴鸿慈 **出使九国日记**
金　鼎 **随同考察政治笔记**
* 载　泽 **考察政治日记**
程　淯 **丙午日本游记**
康有为 **西班牙等国游记**
杨泰阶 **东游日记**
文　恺 **东游日记**
左湘钟 **东游日记**
吕珮芬 **东瀛参观学校记**
* 林汝耀 **苏格兰游学指南**
* 单士厘 **归潜记**
金绍城 **十八国游记**
附 艾儒略 **职方外纪**
附 南怀仁 **坤舆图说**
附 丁韪良 **西学考略**
附 艾约瑟 **西学启蒙**

图书在版编目(CIP)数据

楼船日记/(清)余思诒著. —长沙:岳麓书社,2016.8
(走向世界丛书/钟叔河主编)
ISBN 978-7-5538-0530-6

Ⅰ.①楼... Ⅱ.①余... Ⅲ.①日记—作品集—中国—清代
Ⅳ.①I264.9

中国版本图书馆 CIP 数据核字(2016)第 010852 号

LOUCHUAN RIJI
楼船日记
作　　者:余思诒
校 点 者:杨向群
责任编辑:杨云辉
责任校对:舒　舍
封面设计:吴颖辉　贺红梅
岳麓书社出版发行
地址:湖南省长沙市爱民路 47 号
直销电话:0731—88804152　88885616
邮编:410006
岳麓书社网址:www.yueluhistory.com

2016 年 8 月第 1 版第 1 次印刷
开本:890×1240　1/32
印张:5.875
字数:136 千字
印数:1—3 000
ISBN 978-7-5538-0530-6
定价:35.00 元

承印:长沙超峰印刷有限公司